Hjúki Hima

ESCAPE : 701

Zuflucht in Fantasien

Alle nicht prominenten Figuren, alle Handlungen und
Geschehnisse sind frei erfunden.

ISBN 9783735756572

2. erweiterte Auflage 2014

Text & Edition: Hjúki Hima

Umschlag & Gestaltung: Hjúki Hima

Herstellung & Verlag:

BoD – Books on Demand, Norderstedt

Inhaltsverzeichnis

*ALS **GHOST** WIRD EINE PERSON BEZEICHNET, DIE AN EINEM*

GESCHLECHTSAKT TEILNIMMT, OHNE DASS ES EINEM ODER

MEHREREN DER ANDEREN TEILNEHMER BEWUSST IST.

Komm, Baby, mach mir ein Eis!

Ein Freund aus der Schulzeit hatte Tino einmal erzählt, dass eine polnische Aufforderung zu Oralverkehr übersetzt so viel hieße wie: *Mach mir ein Eis!* Bisher hatte Tino diesen metaphorischen Ausruf nicht ganz nachvollziehen können. Das Phänomen einer Eis essenden Frau enthielt zweifellos ein paar Übungen, die er sich auch an sich selbst vollführt gut vorstellen konnte. Alles in allem schien es ihm jedoch, als sei ein klebriges Eis zu schlecken kein Vorgang, der als Metapher für einen Blowjob unmittelbar ins Auge sprang.

Nun musste er aber feststellen, dass er einem Irrtum aufgesessen oder viel mehr, dass seine Vorstellung all zu begrenzt gewesen war. Die junge Frau schräg gegenüber verstand es zweifellos, ihr Eis auf eine hoch erotische Art und Weise zu verspeisen. Ihre spitze Zunge setzte weit unten an und bog sich leicht nach oben, während sie sorgfältig die Rundung der Eiskugel hinauffuhr. Genüsslich führte sie das aufgenommene Eis an den vollen Lippen vorbei und ließ es im Mund zergehen. Nachdem sie sich kurz geradezu lasziv die Lippen wieder blank geleckt hatte, wiederholte sie die Prozedur, wobei sie dieses Mal einmal um die Kugel herum leckte, um das schmelzende Eis am

Heruntertropfen zu hindern.

Am liebsten hätte sich Tino hinten an das Eis angestellt, damit sie sogleich an ihm fortfahren konnte. Oh ja, er sah es vor sich, wie sich ihr Eis in seinen Schwanz verwandelte. Gierig griff sie danach und leckte genüsslich den Schaft von unten bis zur Eichelspitze hinauf. Dabei sah sie ihn unentwegt lüstern von unten an. Dann würde ihre Zunge einmal um den Rand seiner Eichel fahren, bevor sie ihre Lippen darüber stülpen und zügellos zu lutschen beginnen würde.

Er spürte, wie sich sein Schwanz von dieser Vorstellung in falsche Erwartungen getrieben unweigerlich versteifte. Ein Blowjob bereitete ihm immer die intensivsten Gefühle, da mit der Zunge gezielt seine erogenen Stellen umspielt werden konnten. Doch da er bezweifelte, dass die junge Frau gewillt sein würde, derartigen spontanen Anfragen wildfremder junger Männer nachzukommen und sie sich darüber hinaus in einem öffentlichen, gut besuchten Café befanden, musste das ganze ein ferner Tagtraum bleiben.

Als ihm plötzlich so war, als hätten ihre dunklen Augen kurz zu ihm herüber gesehen, fiel ihm auf, dass er diesem Tagtraum seit geraumer Zeit erlegen gewesen war. Ob er wohl zu offensichtlich zu dem Mädchen hinüber gestarrt hatte? War ihr sein fasziniertes Starren aufgefallen? Besonders da er nur einen Kaffeebecher zum Mitnehmen in der Hand hielt, war das nicht auszuschließen.

Schnell schaute er auf die Uhr; höchste Zeit für die nächste Vorlesung. Also machte Tino sich auf den Weg. Sein Kontrollverlust war ihm etwas peinlich. Ob das Mädchen ihn wirklich bemerkt hatte? Nun, wenn, dann hatte es sie nicht davon abgehalten, ihr Eis unbeirrt weiter zu genießen, was entweder hieß, dass sie es nicht bemerkt hatte, oder dass es sie gar nicht störte. Oder tat sie es womöglich ganz bewusst, *weil* er hingestarrt hatte? Er würde diesen Gedanken mit in die Vorlesung nehmen. Sie war gewöhnlich ohnehin nicht gerade fesselnd.

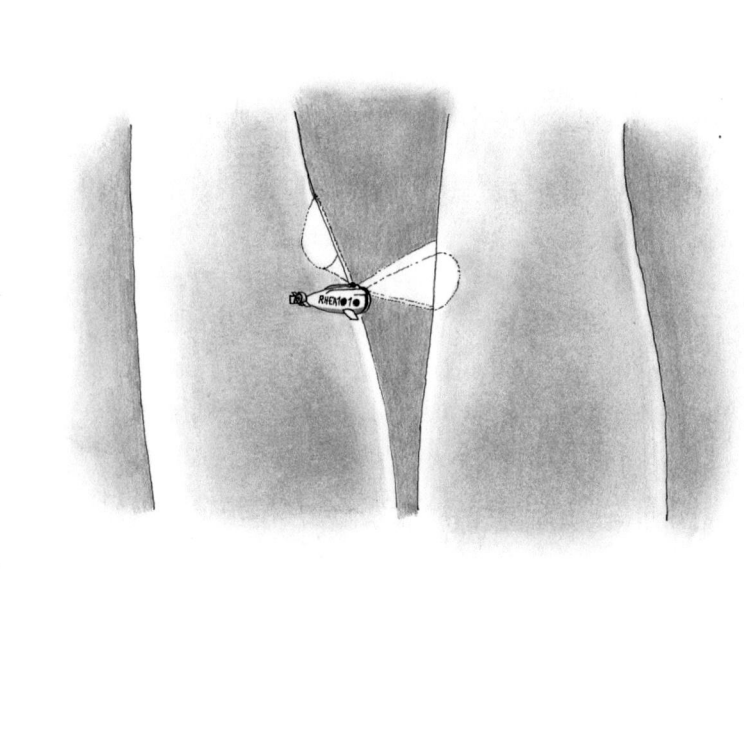

Erster Einseiter

I'M STARING VACANTLY AT THE FOTO, WHICH UNEXPECTEDLY APPEARED ON MY SCREEN. IT SHOWS YOUR NAKED LEGS STRECHED OUT INTO THE AIR FROM YOUR OWN PERSPECTIVE.

THE STRONG UNDERTOW OF YOUR SOFT SKIN CONTINUOUSLY PULLS ME FORWARD. WITH THE MOUSE WHEEL I SLOWLY NAVIGATE CLOSER TO YOUR THIGHS. SILENTLY I'M MANEUVERING MYSELF IN A LITTLE FLYING SUBMARINE INTO THE ABYSS OF THE CANYON AND LET THE TINY SEARCHLIGHTS GLEAM ACROSS THE INNER SURFACE OF YOUR THIGHS, WHICH LOOM ON BOTH SIDES LIKE GIGANTIC PILLARS INTO THE HEAVEN OF YOUR ROOM.

COMPLETELY STUNNED I'M FLOATING IN MY SHIP, THE RHEA 101, THROUGH YOUR LEGS AND TURN IT AROUND IN A NIFTY WIDE CURVE WHEN I'VE FINALLY PASSED THROUGH. DILIGENTLY I TIPE MY COURSE INTO THE CHAT WINDOW.

AND SUDDENLY I CAN SEE THE WHOLE PICTURE OUT OF THE OPPOSITE PERSPECTIVE. ACTUALLY IT'S COMPLETELY IMPOSSIBLE. BUT HERE I AM PLEASUREABLY BRUSHING MY CHEEK DOWN YOUR WARM AND SOFT THIGH.

INCREDIBLE – THERE IT IS, YOUR SWEET LITTLE PUSSY, BELOW A CUTE STRIP OF PUBIC HAIR. FOR SUCH A LONG TIME NOW I'VE BEEN WONDERING IN WHICH SHAPE YOU USE TO SHAVE IT.

Süß-saures Erwachen

„Ich möchte es wieder gut machen", sagte sie mit einem
schwer zu beschreibenden Tonfall. Als ich nach Hause
gekommen war, hatte sie bereits vor der Tür auf mich
gewartet, Gott weiß wie lang. Ich hatte jedoch nicht vor,
sie danach zu fragen.

„Es wieder gut machen?", fragte ich skeptisch. „Das
kannst du nicht. Was geschehen ist, ist geschehen." Ich
ging zum Kühlschrank um ein Bier herauszuholen. Aber
es war keines mehr darin. Ich fluchte innerlich und
nahm mir eine Cola.

„Das weiß ich", sagte sie. „Aber nach all der Zeit ist mir
klar geworden, dass ich immer noch etwas für dich
empfinde." Ich schnaubte etwas abfälliger, als ich es
gewollt hatte. Aber unweigerlich kam mir die
Erinnerung wieder hoch, wie ich mich schier endlos
herumgequält hatte, verzweifelt bemüht mich endlich
auch innerlich von ihr zu lösen, sie aus meiner
Gefühlswelt zu verbannen. Bis ich es endlich geschafft
hatte. Und dann taucht sie plötzlich wieder auf.

„Bitte, Joe, wir hatten so eine intensive Zeit zusammen.
Ich bin sicher, dass wir diese Gefühle wieder
hervorholen können. Wir müssen uns nur eine Chance
geben." Mittlerweile hatte ich meine Cola in ein Glas

geschüttet und kippte nun einen ordentlichen Schuss Bourbon dazu. Oh ja, wir hatten eine intensive Zeit. Besonders das Ende war außerordentlich intensiv!

Ich war durstig und mein Glas leerte sich rasch, während wir weiter redeten.

„Hör zu, Madlene, ich weiß nicht, wie du dir das vorstellst. Mein Vertrauen zu dir ist ernsthaft gebrochen. Ich glaube nicht, dass ich mich noch einmal auf dich einlassen könnte. Davon abgesehen will ich es auch nicht." Das hielt ich für eine klare Ansage.

„Ich weiß, ich verdiene keine neue Chance", gab sie zu. „Aber wir haben immer so gut zusammengepasst. Meinst du nicht, dass es am Ende auch gut für dich sein könnte?" Mein Glas war leer und ich ging gleich in die nächste Runde.

„Wie gesagt, du kannst es nicht wieder gut machen. Ich empfinde nichts mehr für dich und will es dabei belassen." Sie stutzte einen Moment, dann musterte sie mich. Zu erst glaubte ich, sie wolle erforschen, ob ich es ernst meinte. Aber es lag noch etwas anderes in ihrem Blick, etwas Berechnendes. Dennoch lenkte sie ein und ließ locker. Wir gingen ins Wohnzimmer und unterhielten uns fortan auf der Couch über belangloses Zeug. Wie es uns in der Zwischenzeit ergangen war, was wir so machten, wie es diesem und jenem ginge.

Small Talk eben. Und ich trank weiter. Schon nach dem zweiten Glas stieg ich auf puren Bourbon um und wurde immer betrunkener, bemüht mir nichts anmerken zu lassen, hart zu bleiben, gegen meine Triebe anzukämpfen...

Als ich aufwachte, hatte ich keinen dicken Schädel. Dazu war ich das Trinken viel zu sehr gewohnt. Dennoch taten mir irgendwie die Glieder weh. Ich versuchte mich zu bewegen, doch es ging nicht, denn ich war ans Bett gefesselt, nackt, Arme und Beine ausgestreckt. Offenbar lag ich schon eine Weile so da. Kaum, dass ich mich rührte, war sie auch schon über mir. Auch sie war nackt.

„Bist du also endlich wach", gluckste sie. „Dann kann es ja losgehen."

„Was soll das?", fragte ich verärgert. „Ich habe keine Lust auf deine Mätzchen. Binde mich wieder los!" Sie schüttelte den Kopf.

„Mh-mh! Jetzt wollen wir mal sehen, ob wir nicht doch gewisse Gefühle in dir wiedererwecken können." Sie setzte sich mit gespreizten Beinen auf mich. Ihr Gewicht ruhte auf meinem in den vergangenen Monaten vereinsamten Schwanz, der umgehend ein Eigenleben entwickelte und sie freudig mit ersten Anzeichen von Versteifung begrüßte. Hämisch grinsend rutschte sie etwas auf mir umher, bis mein Ständer brauchbare Formen annahm. Wie auf einer Schiene glitt sie mit ihren Schamlippen auf ihm vor und zurück. Sie wusste, dass sie mir in dieser Situation nicht mit romantischen Gebaren oder erotischem Vorspiel zu kommen brauchte. Deswegen verzichtete sie auf alle Spirenzchen.

„Wie es aussieht seid ihr zwei euch uneinig darüber, ob euch gefällt, was ich tue", bemerkte sie und gluckste erneut.

„Bilde dir ja nichts darauf ein. Er reagiert genauso, wenn ich ihn in ein Kissen presse", erwiderte ich bemüht cool zu bleiben.

„Und ein Kissen hat noch nicht einmal Titten!" Sie schaute gespielt beiläufig an sich herab. „Oh, sieh nur, da sind ja zwei!" Ihre Hände griffen an ihre noch immer strammen Brüste, an denen ich so oft gehangen hatte. Sie wog sie, knetete sie, presste sie aneinander. Etwas in mir wollte nichts lieber, als diese Brüste wieder anzufassen und an ihren Nippeln zu lutschen. Auch meinem Schwanz gefiel diese Vorstellung. Er legte doch tatsächlich noch einen drauf. Ich riss an den Fesseln.

„Wenn du sie haben willst, musst du es nur sagen." Sie

blickte triumphierend auf mich herab. „Sag 'Ja, ich will dich. Ich will ein Anrecht auf diese Titten'!" Verdammt noch mal, ja, ich wollte diese Titten! Es waren schön runde, aufrechte Titten. Überhaupt war ihr Körper so sexy wie eh und je. Aber der Preis war inakzeptabel. Denn ihr Körper wurde von einem ebenso wechselhaften wie verantwortungslosen Wesen bewohnt. Ich zwang mich den Blick abzuwenden.

„Ah ah aahh! Wegsehen gilt nicht, Joseph. Hier geht es um Gefühle, nicht darum was dein Verstand dir sagt", gebot sie im Oberlehrerton, doch ich gehorchte nicht. Sie hatte kein Recht mich so zu quälen. Daraufhin presste sie mir ihre Titten ins Gesicht.

„Na, komm schon, nimm sie dir, leck daran! Du kannst sie haben." Sie strich mir mit einem Nippel über meine fest verschlossenen Lippen. Sollte sie ruhig so lange auf mir sitzen, wie sie wollte. Ich würde warten bis sie herunterfault! Also schloss ich die Augen, und versuchte an etwas völlig anderes zu denken, etwas Entspanntes. Eine Pfeife am warmen Kaminfeuer! Ich konzentrierte mich ganz auf die Vorstellung, wie ich im Sessel saß, die Beine ausstreckte und das Leben genoss. Das Feuer knistert im Kamin und ich blies duftende Ringe in den Raum hinein...

Doch kaum, dass ich mich dieser Vorstellung

hingegeben hatte, wurde ich wieder herausgerissen. Denn Madlene hatte kurzerhand meinen Penis in ihre Scheide eingeführt, die sich nun warm und eng um ihn schmiegte.

„Was wird das?", stammelte ich verdattert.

„Was wohl? Ich gebe dir eine letzte Kostprobe dessen wovon du dich künftig verabschieden willst." Sie begann auf mir zu reiten, zuerst in langsamen kreisenden Bewegungen, dann immer schneller werdend, wie eine Dampflock. Kraftvoll ließ sie meine Eichel wieder und wieder durch ihre mahlenden Vaginalmuskeln gleiten. Dazu stöhnte sie genüsslich, als hätten wir gewöhnlichen Gutenmorgensex – wie früher.

Ich wusste nicht mehr, was ich denken sollte. Mein Schwanz fühlte sich in ihrem feuchtwarmen Inneren viel zu wohl. Schon ertappte ich mich dabei leicht mit der Hüfte nach oben zu stoßen. Sofort presste sie ihre Schenkel stärker zusammen und ließ so das erste Kribbeln in meinem fest umschlungenen Schwanz aufsteigen. Da entfuhr auch mir ein unkontrolliertes Stöhnen. Doch anstatt mich zu triezen oder zu verhöhnen, biss sie sich nur zufrieden auf die Lippe und gab mir umgehend den Rest. Mit geradezu sportlich schnellen, flachen Bewegungen walzte sie ihr Becken vor und zurück. Sie hatte damals sehr schnell herausgefunden, dass sie mit dieser Technik meine empfindsamste Stelle dauerhaft reizen konnte. So war ich stets äußerst intensiv gekommen. Es *war* eine intensive Zeit gewesen.... Aber bei der Geschwindigkeit die sie nun an den Tag legte, würde ich vor allem schnell kommen.

„Wir wollen ja nicht, dass du all zu lange unter mir leiden musst, nicht wahr?", keuchte sie. Wie gnädig. Aber ich war unfähig etwas zu antworten. Durch besagte Geschwindigkeit mit der meine Eichel sich an ihrem Inneren rieb, gesellte sich ein Gefühl hinzu, das einem Kitzeln glich. Und wie eben einem solchen drängte es mich ihm zu entfliehen. Es drängte mich meine Hand auszustrecken und bremsend auf ihren flachen Bauch zu drücken, aber es ging nicht. Ich konnte mich noch nicht einmal wegdrehen, weil sie mich fest zwischen ihren trainierten Schenkeln hielt. Stattdessen schlackerte mein Bein wild und unkontrolliert, als erlitt nur es einen epileptischen Anfall. Mein Schwanz schien förmlich zu glühen.

Dann, als ich es schon fast nicht mehr aushielt, glimmte er auf wie eine Wunderkerze und ich kam unter einem schauerlichen von Kichern durchwachsenem Krächzen. Welle um Welle ergoss ich mich in ihren Unterleib, während sie ihren Ritt allmählich verlangsamte. Das ganze mochte nur wenige Minuten gedauert haben, dennoch keuchten und schnauften wir, wie nach einem 100 Meter Sprint. Sie schwitzte und fuhr sich durch das in wilden Strähnen wehende Haar. Ich wagte es nicht, sie anzusehen, sonder starrte Erschöpfung heuchelnd an die Decke. Nach meinem unverkennbar furiosen Orgasmus konnte ich schwer leugnen, dass mir dieser Quickie gefallen hatte. Aber was bedeutete das?

„Ich weiß, guter Sex macht noch keine Beziehung", sagte Sie und erhob sich von mir. „Schließlich bin ich eine Frau. Aber ich bin bereit, mich dir eine Weile ganz unverbindlich zur Verfügung zu stellen. Und wer weiß, vielleicht willst du eines Tages doch wieder mehr als nur das eine. Was hältst du davon?" Sie schlenderte verschmitzt lächelnd ins Badezimmer und überließ mich gefesselt in diversen Körperflüssigkeiten liegend meinen verzweifelten Gedanken. *Was hielt ich davon?*

Fire and Forget

Florentin erwachte mit dickem Schädel in seinem Bett. Die Mittagssonne blinzelte durch seine Vorhänge. Kaum, dass er halbwegs wach war, kamen dieselben Gedanken und Bilder wieder in seinen Kopf, mit denen er schließlich nach langem Ringen in den frühen Morgenstunden eingeschlafen war:

Die Funzel über der Tür des Hinterausgangs flackerte für einen Moment und ließ ihre Bewegungen so sprunghaft wirken, als kämen sie aus einem frühen Stummfilm. Sie hatte ihre kurze Jacke wieder abgelegt und tanzte zu den dumpfen Bässen aus dem Club, ganz so wie sie es dort drinnen getan hatte – doch dieses mal tatsächlich nur für ihn. Sie war keine professionelle Tänzerin und doch wusste sie ihren sportlichen Körper gekonnt in Szene zu setzen. Als das Lied im Club mutmaßlich in den Refrain überleitete, führte sie ihre Hände an ihren weiblichen Rundungen entlang und hob sie über den Kopf, wo sie sich wie dressierte Schlangen rankten, während sie sexy ihre Hüften schwang. Offenbar hatte sie genau erkannt, wie sehr ihm gerade diese Figur gefiel. Ihr Blick fixierte ihn wieder wie zuvor, aber nun lächelte sie dazu süß wie ein gefallener Engel. Ein Versuch ihn wieder etwas zu erheitern. Schließlich war es nicht lange her, dass sie die vernichtenden Worte gesprochen hatte:

"I'm so sorry, but you have to know, I am not interested. It's not about you specifically, but about boys in general."

Daraufhin hatte Florentin sie fassungslos angestarrt. Was sie da sagte, ergab keinen Sinn für ihn.

Eine gefühlte Ewigkeit hatte er gut angetrunken im Club dagestanden und zugesehen, wie das Mädchen mit den anderen auf den Tischen tanzte. Ihr enges Top hatte sie bis knapp unter den Brustansatz umgekrempelt, sodass sie mehr als bauchfrei gewesen war und man selbst in dem dunklen Saal mit dem Schwarzlicht und den hastig blinkenden Strahlern die Konturen ihres trainierten Körpers gut ausmachen konnte. Sofort hatte sie ihn mit ihrer reizvollen Erscheinung, ihren selbstbewussten Bewegungen und nicht zuletzt dem durchdringenden Blick ihrer schwarz umrandeten Augen in ihren Bann gezogen. Als ihr bald darauf aufgefallen war, wie gebannt er ihr zusah, hatte sie sich zu seiner Verwunderung ganz ihm zugewandt. Sie war zu ihm herangekommen und hatte ihre Gesten vorwiegend in seine Richtung vollführt. Sie hatte vor ihm ihren knackigen Hintern kreisen lassen, dass er ihn hätte packen und hineinbeißen mögen. Sie war in die Hocke gegangen, um ihr Becken geradezu sexuell in seine Richtung zu stoßen. Dazu war sie sich mit der freien Hand in ihr welliges Haar gefahren und hatte einen stöhnenden Gesichtsausdruck aufgesetzt. Ein anderes Mal hatte sie ihre Hände gerade dort über ihren Körper gleiten lassen, wo sein Blick über ihre Haut gewandert war. Ihre Blicke hatten sich dabei auch immer wieder gefunden. Wissende Blicke, da war er sich sicher gewesen! Und das sollte nun alles Illusion gewesen sein?

"As I said, I am sorry, man. I've simply enjoyed having such a personal audience. It turned me on, how your eyes followed every single movement I made and you looked just like you'd be willing to snatch me of the table at any second and rip my clothes off me. But honestly I wouldn't have enjoyed, if you'd actually done so!" Florentin schluckte. Genau so hatte er tatsächlich die ganze Zeit empfunden. Er konnte an nichts weiter denken, als sie zu ficken. Doch nun fühlte er bittere Enttäuschung in ihm aufsteigen und sich in jede Faser seines Körpers ausbreiten. Sie lähmte ihn und zersetzte ihn von innen – was ihm offenbar ins Gesicht geschrieben stand.

"Oooh, don't be sad. It was so much fun in there, wasn't it? You know what? Let's dance a little more!"

So hatte sie ihre Jacke wieder ausgezogen und für ihn zu tanzen begonnen. Wieder stand er einfach nur da und schaute ihr zu, aber nicht mehr mit der gleichen Faszination. Sein alkoholisiertes Hirn, seit dem Tabledance ganz auf Sex eingestellt, weigerte sich, den Hormonpegel wieder herunter zu fahren. Er konnte nur noch daran denken, wie es gewesen wäre, sie zu ficken. *Rip her clothes off* echote es immerzu im Medium seiner Enttäuschung. Und er war mit ihr allein... *Rip her clthes off!* Das würde er gewiss nicht tun, aber der Gedanke war da.

Plötzlich hielt sie inne und schaute ihn an. Reglos schaute er zurück. *Rip her clothes off* schallte es wieder durch seinen Schädel. Sie kam auf ihn zu. Die Lampe flackerte. Er reichte ihr die Jacke. Sie war zum Greifen nahe. Es zerriss ihn förmlich.
Rip her clothes off!

Als er sich zerknirscht in seinem zerwühlten Bett umherwälzte, konnte er nicht glauben, was dort als nächstes passiert war. Es wirkte zu unwirklich, um wahr zu sein. Seine Hand glitt in seine Boxer-Shorts und betastete vorsichtig seinen Schwanz. Sofort stand er wieder, bereit es aufs Neue zu durchleben.

Sie hatte seine Hände ergriffen und ihn ins Dunkel der Nacht gezogen. Er sah es genau vor sich, wie sich sich gegen den hohen Maschendrahtzaun lehnte. Das Lächeln war aus ihrem Gesicht verschwunden. Das Wohlwollen aber nicht. Dennoch klang ihre Stimme streng und unerbittlich, als sie die Regeln erläuterte.

"Okay, it looks like we need to get your head clear in order to get you home savely. So we will do this once, just once and never again, and all you will do is standing there and enjoy. You won't touch me, is that clear?"

"Excuse me?" Florentin verstand kein Wort. Doch bevor er nachfragen konnte, hatte sie ihr Top schon wieder umgestülpt und machte sich daran, seine Hose zu öffnen.

"What are you..?"

"Shut up and let me do this. And remember: No touching!" Er gehorchte und begnügte sich damit ihren nackten Bauch anzustarren. Sekunden später hielt sie seinen Schwanz in der Hand, massierte ihn leicht, rieb ihn. Schon stand das Ding, geradewegs auf ihren Bauch gerichtet. Er hielt die Luft an, während sie begann mit kräftigen Bewegungen seinen Penis zu rubbeln. Ein Handjob? Tatsache und sie machte ihre Sache gut! Nicht nur, dass sie seinen Schwanz mit ihren langen Fingern fest umklammert hielt, sie konzentrierte sich dabei auch auf seine Eichel.

Als kein Zweifel mehr bestand, dass sein Penis voll erigiert war, erhöhte sie das Tempo. Er fand seinen Atem wieder und verfiel sofort in lautes Keuchen. Seine Finger krallten sich links und rechts von ihr in den Maschendrahtzaun.

„Is that good?", fragte sie.

„It's fantastic", sagte er. Das schöne an einem Handjob im Vergleich zu einem Blowjob war, dass der Partner Druck und Geschwindigkeit besser halten konnte. Das Heraufpumpen des Samenergusses erfuhr keine Unterbrechungen. So steuerte man geradewegs auf einen intensiven Orgasmus zu.

Es drängte ihn sie anzufassen, ihre Haut zu berühren, sie zu küssen. Aber er durfte nicht. Alles was er hatte war der Blick auf ihren straffen Bauch und das schnelle Pumpen an seinem Glied. Als sie schließlich mit der anderen Hand seine Eier packte, spürte er, wie im Schaft eine Ladung bereit gemacht wurde. Er gab zunehmend absonderlichere Laute von sich. Das Sperma in seinem Penis stieg unaufhaltsam auf, erreichte die Spitze, ballte sich. Das Gefühl war unbeschreiblich. Sie massierte weiter seine Eier und seine Knie wurden weich.

"What... what if I'm going to cum?" Stöhnte er, ohne den Blick von den Geschehnissen zu wenden.

"Just do it", antwortete sie auch etwas außer Atem. Sie erhöhte das Tempo noch einmal zum Endspurt. Seiner Kehle entfuhr zunächst ein erstickter Laut, dann explodierte er mit einem Aufschrei und pulsierend ergoss sich sein Penis über ihren Bauch. Sie versuchte gar nicht, ihn wegzuhalten, sondern verteilte das Sperma gleichmäßig auf ihrer makellosen Haut. Er spürte deutlich wie der klebrige Samen stoßweise durch seine kribbelnde und zuckende Eichel gepresst wurde. Dabei rubbelte sie ununterbrochen weiter, trieb seinen Orgasmus in immer weitere Höhen, bis auch der letzte Tropfen vergossen war.

Sollte das wirklich passiert sein? Florentins Blick fiel auf sein Handy, das nicht zufällig noch neben ihm auf dem Kopfkissen lag. Etwas dämmerte ihm.

"Oh, look how much cum you've kept ready for me", sagte sie, als handele es sich um eine Auszeichnung.

Nach Atem ringend und noch immer in den Zaun gekrallt besah Florentin sich die üppigen Kleckse und Spritzer auf ihrem Bauch. Er lachte auf, war vom Orgasmus noch wie berauscht.

"Wow, it's great. You've got to know, I love messy cumshots and this one is just so freakin' sexy!" Die Worte quollen ihm einfach aus dem Mund. Warum sagte er ihr das? Es war wahr, aber er hatte sie gerade vollgesaut! Dabei stand sie nach eigener Aussage noch nicht einmal auf Kerle, wie sollte sie da auf Wichse stehen? Der Hormon-Cocktail in seinem Hirn ließ ihn Kacke reden.

"Oh, really? Quick then, take a foto as long as your cock is kinda erected!"

"Are you kidding?"

"No. Just make sure it's just my stomach on the foto!" Mit zittrigen Händen zog er sein Smartphone aus der Tasche und schoss ein Foto. Anschließend ließ sie unbekümmert ihr Top über den weißen Schleim fallen und zog sich ihre Jacke wieder an.

"Alright, that's it. Now you better forget about me. Goodbye, little boy!", sagte sie. Er wollte etwas wie *thank you* sagen, doch da war sie schon im Dunkel der Nacht verschwunden.

Er aktivierte das Display. Sofort erschien das Foto: Ihre Hand an seinem Schwanz, als wäre sie noch damit beschäftigt, all das Sperma auf ihrem Bauch zu verteilen, das dort in seiner ganzen Pracht zu sehen war. Er wusste nicht, zum wievielten Mal in den vergangenen Stunden, seit er nach Haus gekommen war, er sich darüber nun schon wieder einen runterholte. Aber er musste es einfach tun.

Vorauseilender Gehorsam

Überpünktlich, wie es meine Angewohnheit war, verließen wir die Lobby im Erdgeschoss des Wolkenkratzers von Yo Ming Enterprises. Ich hatte gern ein kleines Zeitpolster für unvorhergesehene Zwischenfälle. Denn Geschäftsmänner von der Rangordnung meiner Arbeitgeber ließ man besser nicht zu lange warten. Jedenfalls nicht, sofern man seinen Job behalten wollte. Ich bin Pilot, ein alter Hase im Geschäft, und hatte mich seit ein paar Jahren als Captain der Privatmaschine eines Unternehmers verdingt, dessen Namen ich hier nicht nennen will. Mein Job war recht entspannt und die Bezahlung war außerordentlich gut.

In Begleitung meines ersten Offiziers, der ebenso attraktiven wie zielstrebigen Pilotin Nooshin Aazari, stieg ich in einen der vielen Fahrstühle in den Himmel hinauf. Ich wählte das Stockwerk, die Türen schlossen sich und der Fahrstuhl setzte sich sanft in Bewegung. Wir schwiegen – nicht, weil wir uns nichts zu sagen hätten, sondern weil der Aufbruch aus den bequemen Ledersesseln weg von leeren Kaffeetassen unsere Unterhaltung unterbrochen hatte. Doch bevor ich den Versuch unternehmen konnte, das Gespräch wieder aufzunehmen, setzte die Werbung ein.

Urplötzlich befand ich mich nicht mehr im Fahrstuhl, sondern an einem sonnigen Karibikstrand. Yo Ming Enterprises war bekannt dafür, Technologien zu entwickeln, die man zuvor nur aus Filmen kannte. Um eine solche handelte es sich auch hier. Sensoren im Fahrstuhl führten einen Gesichtserkennung durch, identifizierten die Fahrgäste, bezogen alle möglichen persönlichen Daten, die das Internet ausspuckte und projizierten dann nicht nur solche Werbung direkt auf die Netzhaut, die einen potenziell interessieren könnte, sondern personalisierten diese sogar.

So kam es, dass mir niemand anderes als Halle Berry aus den Wellen des türkisfarbenen Meeres entgegen stapfte. Sie trug nichts als einen Bikini und ein Taucher- messer und war so jung, wie sie zu Beginn des Jahrtausends gewesen war. Dementsprechend bot die Projektion einen atemberaubenden Anblick. Dass *sie* es war, die der Computer aus meinen Interessen gefischt hatte, stellte für mich eine freudige Überraschung dar. Diese grandiose Frau war nämlich der Mittelpunkt eines der für mich großartigsten Momente der Film- geschichte. Wenngleich ich diesen Film schon gar nicht mehr auf dem Schirm hatte. In der besagten Szene sitzt sie mit freiem Oberkörper auf einem Liegestuhl und liest ein Buch. Als notgeiler Jungspund hatte ich damals im Kino gesessen und hatte nichts anderes denken können als: *Nimm das Buch weg! Nimm das Buch weg! Bitte, nimm doch das Buch weg!* Und dann, als wolle sie nur mir zur Erlösung diesen dringlichen Wunsch erfüllen, nimmt sie tatsächlich das Buch weg! Ein fantastisches Spiel mit den Erwartungen des Zuschauers, welches jedoch längst in Vergessenheit geraten war.

Nun kam sie mit schwingenden Hüften heranspaziert, wobei ihre Brüste sanft im Rhythmus ihrer Schritte hüpften. Dann stand sie vor mir, lächelte, sagte irgendetwas. Aber ich muss gestehen, ich habe keinen blassen Schimmer mehr, was sie sagte oder was überhaupt beworben wurde. Ich war zu sehr mit den Blickfängern beschäftigt. Selbst nachdem die Projektion vorüber war, hing ich in Gedanken noch den Bildern nach, die ich gesehen und die ich erinnert hatte.

„Ihnen scheint ja ganz gut zu gefallen, was sie gesehen haben", schmunzelte Officer Aazari, als die Werbung vorüber war, und lenkte ihren Blick wieder aus meinem Schritt gerade aus. Ich gab mir nicht die Blöße, hinunter zu sehen. Ich wusste auch so, dass ich einen Ständer hatte. Peinlich nur, dass er sich offenbar gut sichtbar durch meine Hose abzeichnete. Scheinbar lässig steckte ich die Hände in die Taschen, um ihn etwas zu kaschieren.

„Wenn Sie ein Mann in meinem Alter wären und gesehen hätten, was ich gesehen habe, wären sie nicht minder entzückt", entgegnete ich. Sie zog eine ihrer scharf geschnittenen, dunklen Augenbrauen hoch.

„Oh! Bei dem Ausmaß Ihrer Entzückung bin ich sicher, dass ich auch *so* meine Freude haben könnte... Sir." Ich sah sie neugierig an. Hatte sie es so gemeint, wie ich es verstanden hatte? Ein kurzer Blick aus den Augenwinkeln und ein Zucken an den Mundwinkeln schienen das zu bestätigen. Ich betrachtete ihre eleganten Gesichtszüge mit der schmalen, durch einen dezenten Knick hervorgehobenen Nase und den geschwungenen Lippen; dazu diese ebenmäßige, orientalisch dunkle Haut...

„Es wäre mir ein Vergnügen, Sie an meiner Entzückung Teil haben zu lassen." Hätte ich das zu irgendeiner anderen Frau gesagt, hätte ich mir sofort eine eingefangen. Aber Officer Aazari war nicht wie jede andere Frau. Anstatt mir eine zu scheuern, biss sie sich nur lasziv auf die Unterlippe, schaute mich jedoch nicht an. In diesem Augenblick ertönte das Signal und die Fahrstuhltür ging auf. Aazari ging sofort voraus. Ich zögerte einen Moment, besann mich um Anstand. Dann folgte ich ihr. So ging ich auf dem Weg zum Flugdeck ein paar Schritte hinter ihr. Auf diese Weise hatte ich die ganze Zeit ihren Knackarsch vor meiner Nase, der in der dünnen Stoffhose ihrer Uniform hervorragend zu Geltung kam. Und ich hatte irgendwie den Eindruck, als würde sie ihren Hintern absichtlich ein bisschen schwingen lassen. Eine Aussicht, die meiner Entzückung keinen Raum zum Abklingen gab. Aazari war aber auch einfach zu gut gebaut, ein wahrer Luxuskörper. Und ich musste es wissen, denn ich hatte ihn bereits ohne Uniform gesehen. Ihr Körper war sportlich und straff, ihre Beine waren lang, ihre Brüste standen aufrecht und ihre makellose Haut hatte die Farbe der gebrannten Erde Sienas. Bei dem Gedanken daran verwandelte sich mein Entzücken in akute Lust. Ich wollte nicht für mehrere Stunden stumpf neben ihr im Cockpit sitzen und schlechte Witze reißen. Ich wollte sie ficken. Das war ein Problem, denn ich würde auf jeden Fall für mehrere Stunden neben ihr sitzen, nur jetzt eben geil wie ein Platzhirsch zur Brunftzeit.

Aazari zog ihren Ausweis durch den Scanner, wodurch ich zu ihr aufschließen konnte. Die Panzerglastüren glitten zur Seite und gaben den Weg in den Hangar frei. Dort stand der elegante Senkrechtstarter wie ein Raumschiff aus den Science-Fiction-Filmen des letzten Jahrhunderts abflugbereit im Licht der Sicherheitsleuchten auf dem dunklen, fast spiegelnden Flugdeck. Ein einst aufregender Anblick, den wir aber längst gewohnt waren und kaum noch bewusst wahrnahmen. Schnurstracks gingen wir (nun wieder Seite an Seite) auf die Gangway zu. Ich bemühte mich, für das Abfertigungs- und Sicherheitspersonal, welches sich im Hangar aufhalten mochte oder nicht, so kontrolliert und zugleich locker zu wirken, wie möglich. Nicht, dass ich noch den Eindruck erweckte, meine Flugfähigkeit wäre eingeschränkt. Immerhin war ich spitz wie Nachbars Hund... und im Begriff mit dem Subjekt meiner Begierde einen Jet zu betreten, den ich sicher zurück nach SYDNEY zu fliegen hatte.

Mit respektvoll gesengtem Kopf ließ mir mein First Officer den Vortritt an Bord, wo ich ohne Umwege das Cockpit betrat und hinter Aazari die Tür schloss. Aus den Fenstern heraus hatten wir freie Sicht über die Nächtliche Skyline von SHANGHAI. Seitdem die Regierung es nicht mehr nötig hatte, die Vorstädte des Nachts zu Gunsten des Lichtermeeres der repräsentativeren Innenstadt im Dunkeln zu lassen, zogen sich die goldenen Lichter bis zum Horizont über die finsteren Schatten der Häusertürme und Straßenschluchten. Da der Himmel darüber Dank Smog und Lichtmüll einen violetten Schimmer trug und praktisch keine Sterne zeigte, wirkte das Panorama, als sei die Welt auf den Kopf gestellt. Ein zugleich verstörender und wunderschöner Anblick, an den ich mich im Unterschied zu dem des Flugzeugs wohl nie gewöhnen würde. Ich versuchte mich bewusst an der Aussicht zu ergötzen und so von meiner Lust mehr zu einer romantischen Stimmung zu gelangen. Aber das war aussichtslos. Aazari befand sich in meiner unmittelbaren Nähe. Über diesen Umstand ließ sich mein Trieb nicht betuppen.

Aber Nooshin Aazari war eine wundervolle Frau, verständnisvoll und bedingungslos loyal. Sie las in mir wie in einem Buch und verstand es dabei, mich dennoch nicht bloßgestellt fühlen zu lassen.

„Sie sehen etwas angespannt aus, Sir, fühlen Sie sich fit für den Flug?" Ich seufzte nur und schaute sie an. Es war unmöglich, vor ihr etwas zu leugnen. Aber ihr gerade raus die Wahrheit zu sagen, kam natürlich genauso wenig in Frage. Doch Aazari wusste ohnehin genau, was Sache war, und ließ mich gar nicht erst zappeln.

„Ich weiß, bis zum Keller ihres Hauses ist es noch weit." Langsam schritt sie auf mich zu. „Aber vielleicht kann ich bis dahin etwas tun, um sie etwas aufzu-lockern." Ihre zarte Hand fuhr in meinem Schritt auf und ab. Zischend sog ich die Luft ein.

„Officer Aazari, Sie müssen nicht..."

„Pscht! Ich kann Sie doch so nicht fliegen lassen", sagte sie und ging vor mir auf die Knie. Dort öffnete sie Gürtel und Hose, um anschließend meinen Ständer aus der Unterhose zu befreien. Stocksteif ragte er ihr entgegen.

„So viel aufgestaute Freude, Sie müssen ja kurz vorm Platzen sein. Entspannen Sie sich, Captain, lassen Sie ruhig alles raus!" Mit diesen Worten begann sie meinen Penis zu küssen, erst nur an der Spitze, dann rundherum auf ganzer Länge. Das war freilich nur ein Teaser, ein Zeichen ihrer Untergebenheit. Ich staunte immer wieder, wie solch eine rassige Frau wie Aazari so sehr in ihrer Rolle aufgehen konnte.

Während ihre Lippen meine Hoden liebkosten, rieb sie mit Daumen und Zeigefinger meine Eichel. Auch das war letztlich nur ein Teaser, aber ein intensiver, weil er zugleich stark die erogenen Zonen reizte und unvorstellbare Lust auf mehr machte. Mein Atem wurde keuchender, was sie mit zufriedenem Blick ihrer Smaragd grünen Augen zur Kenntnis nahm. Daraufhin strich sie ein paar mal schraubend mit der ganzen Hand über meinen Schwanz. Gleichzeit leckte sie mir die Eier wie bei einer Katzenwäsche. Mein Blick wanderte zum Fenster hinaus über das Lichtermeer. Wenn sie nicht bald zur Sache kam, würde meine Erektion sicher implodieren.

Da spitzte sie wie auf Befehl die Zunge und leckte mir von den Eiern bis zur Eichel hinauf, wo sich ihre Lippen endlich darum schlossen. Sofort begann sie zu saugen und einen sagenhaften Druck aufzubauen. Aazari mochte eine hervorragende Pilotin sein, aber blasen konnte sie, als hätte sie ihren Lebtag nichts anderes gemacht. Ihre Zunge rieb am Ansatz des Vorhaut- bändchens, während sie gleichmäßig ihren Kopf vor und zurück neigte. Dabei ließ sie stets nur für Sekunden den Druck wegfallen, wenn sie schlucken oder neu ansetzen musste. Wir hatten nicht viel Zeit, weil mein Puffer eigentlich nicht für sexuellen Verkehr vorgesehen war. Deswegen ging sie aufs Ganze, anstatt den Blowjob für längeren Genuss auszudehnen. Sie saugte, als wolle sie mir die Eier durch die Harnröhre ziehen. Keuchend stützte ich mich auf die Lehne des Pilotensitzes während sie den Rhythmus beschleunigte. Dabei schlingerte sie leicht mit dem Kopf, sodass sie meine Eichel fast rundherum mit der Zunge umspielen konnte. Das Lichtermeer vor dem Fenster begann Wellen zu schlagen.

„Ah, Nooshin, meine liebe, das tut so gut. Genau das habe ich jetzt gebraucht!" Stolz schaute sie zu mir herauf. Irgendwie schaffte sie es, mit meinem Schwanz im Mund vor mir zu knien und trotzdem noch würdevoll und elegant zu erscheinen – von sexy ganz zu schweigen. Sie begegnete meinem Kommentar damit, ihre Zungenspitze in die Öffnung meiner Harnröhre schnellen und darin wild umher zappeln zu lassen. Das Gefühl, welches sie damit hervorrief, lässt sich nicht beschreiben, man muss es erlebt haben. Eigentlich ist es viel zu intensiv um darüber zum Höhepunkt kommen zu können. Aber sie liebte es unwillkürliche Reaktionen in mir auszulösen. Körperteile begannen unkontrolliert zu zittern und ich gab Geräusche von mir, die man mit meiner Uniform sicher nicht in Verbindung bringen würde. So stand ich da vor der nächtlichen Skyline dieser Großstadt, mit dem Schwanz im Mund einer orientalischen Liebesgöttin und war unbesiegbar!

Plötzlich knackte das Funkgerät:

„Captain? Hier spricht Miss Swanson. Wir sind nun alle an Bord und abflugbereit, wenn Sie es sind." Natürlich schaffte es unsere zierliche Purserette, Miss Swanson, wie immer auf den Punkt alle Passagiere an Bord zu bringen. Sofort hielt Nooshin inne. Sie wusste um meine Pflichtbewusstheit und nahm sicherlich an, ich würde unser kleines Vergnügen umgehend abbrechen wollen. Schnell griff ich an ihren Hinterkopf und presste gegen ihre Hochgesteckten Haare, damit sie den Kopf nicht zurückziehen konnte. Denn ich war längst über den Punkt hinaus, wo es ein Zurück gegeben hätte. Selbstherrlich grinste ich sie an. Dann atmete ich tief durch und langte nach meinem Headset.

„Vielen Dank, Miss Swanson", sagte ich um Beherrschung ringend. „Wir sind in Kürze auch so weit. Verteilen Sie doch, bitte, schon einmal die Drinks!"

„Verstanden, Sir, wird erledigt." Schnell legte ich das Headset wieder weg. Doch anstatt Aazari weiter machen zu lassen, packte ich nun ihren Kopf mit beiden Händen und ging dazu über mit schnellen Stößen ihren Mund zu ficken. Instinktiv stützte sie sich schützend auf meinen Schenkeln ab, aber ich passte durchaus auf, ihr meinen Schwanz nicht in den Rachen zu rammen. Sie erwies mir einen so großen Dienst, wie könnte ich ihr da irgendwelches Leid zufügen?

Egal, ich war ohnehin nicht mehr aufzuhalten. Aazaris Schulterklappen bebten, als ich immer wilder wurde, je näher ich dem Höhepunkt kam. Schneller und schneller stieß ich zwischen ihre Lippen, die sich noch immer fest um mein Glied schlossen.

Dann kam ich. Stöhnend spritzte ich ihr Stoß um Stoß an den Gaumen, ließ sie schlucken, stieß wieder zu, bis das Kribbeln in meiner Eichel abgeklungen war und ich nichts mehr hindurchfließen spürte. Ein letzter zuckender Stoß, mehr aus Reflex, denn bewusst. Erst dann befreite ich Officer Aazari von ihrer Maulsperre, packte meinen Schwanz ein und zog das Hemd zurecht. Aazari wischte sich mit dem Daumen einen Spermatropfen aus dem Mundwinkel, bevor sich sich erhob und ebenfalls die Kleider ordnete. Ihre sinnlichen Lippen formten ein stolzes Lächeln. Sie hatte das Wunder vollbracht, dass der Blowjob an ihr, von einem etwas gerötetem Gesicht und leichter Atemlosigkeit abgesehen, keine sichtbaren Spuren hinterlassen hatte. Ich hingegen war geschafft, völlig außer Atem und geradezu high von Hormonen und Endorphinen.

„Officer Aazari, wenn Sie nichts dagegen haben, dürfen Sie für den Start das Steuer übernehmen. Ich glaube ich brauche noch einen Moment, um wieder runter zu kommen", sagte ich.

„Sehr gern, Sir!" Und während wir in den Nachthimmel SHANGHAIS hineinflogen, schwebte ich noch wie auf Wolken, noch keinen Gedanken daran verschwendend, dass ich sie später noch würde belohnen müssen. Aber der Keller war zum Glück noch weit.

Traumsequenz

oder *Was wirklich geschah*

In Wahrheit war ich es gewesen, der die Werbung sah. Aber es war alles ganz anders und ein wenig bizarr. Ich befand mich auf einer langen Rolltreppe, die aus einem unerfindlichen Grund einen Müllberg hinaufführte. Nach einem Drittel Höhe kam ich an einer elektronischen Werbetafel vorbei, die dort aus heraushängenden Kabeln blitzend und knisternd herumlag. Plötzlich stoppte die Rolltreppe. Gleichzeitig sprang die Werbetafel an und zeigte ein Bild auf ihrem zerbrochenen Schirm. Das Bild rutschte herüber, sodass ich genau darin stand. Dann wurde es gedoppelt und in einer Art EBENENVERSCHRÄNKUNG noch einmal senkrecht vor mich projiziert. So fühlte ich mich mittendrin statt nur dabei.

Zu sehen war ein schlichtes Zeichentrickbadezimmer mit grauen Fliesen. An der Wand hing ein schiefes Bild von einem roten Segelschiffchen und auf dem Fußboden mit dem Rücken an die Badewanne gelehnt lag breitbeinig PENÉLOPE CRUZ – genau wie das Bad drumherum im Zeichenstil einer bekannten Fernseherie gelbhäutiger Comicfiguren. Sie Trug ein rotes Nuttenjäckchen und ansonsten nur Reizunterwäsche.

„Hallo, Süßer", sagte sie mit 0800er Werbestimme.
„Wie kann ich dich von diesem Produkt überzeugen? So
vielleicht?" Daraufhin schob sie ihre Hand unter den
Slip und begann zu masturbieren. Mit der anderen Hand
riss sie ihren BH herunter und knetete ihre gelben
Comictitten. Zu meinem Schrecken törnte mich das
tatsächlich ziemlich an. Aber kurz bevor sie unter
exzessivem Stöhnen zum Höhepunkt kam, brach das
Bild abrupt zusammen. Die Werbetafel erlosch. Nun
stand ich da mit meiner Erektion.

Doch noch bevor ich realisiert hatte, was gerade
geschehen war und sich Enttäuschung hätte breitmachen
können, hörte ich eine neckische Stimme hinter mir:

„Na, kann ich behilflich sein?" Es war eine junge
Türkin, ein erwachsen und bildhübsch gewordenes
hässliches Entlein aus meiner Schulzeit. Sie hatte mich
schon erkannt und war augenblicklich bereit, mir bei
meinem Problem zur Hand zu gehen. Ich ließ es
sprachlos geschehen.

Der Duft ihrer Haut

Es mag gute Gründe geben, das Leben in einer multikulturellen Metropole mit ihrem dichten Verkehr und tosendem Lärm in den tiefen Häuserschluchten und Straßen voller Dreck abzulehnen. Aber es gibt auch gewisse Qualitäten, die findet man gerade dort, wo es am schlimmsten ist. Vorausgesetzt man steht auf außergewöhnliche Abenteuer, versteht sich. So kam es, dass mir vor einiger Zeit die Ehre zu Teil wurde, als GHOST eines jungen japanischen Ehepaares fungieren zu dürfen.

Es begann auf meinem Heimweg im 608. Nachtbus. Müde und gelangweilt hing ich an einer Halteschlaufe dicht am mittleren Eingang. Noch bevor der Bus die Haltestelle erreicht hatte, sah ich sie. Durch meine ausgeprägte Präferenz für Mädchen mit Mandelaugen war mir das ausgelassen lachende Gesicht sofort ins Auge gefallen. Auf den ersten Blick fand ich sie allerdings noch gar nicht so hübsch. Viel mehr wirkte ihr Gesicht mit den lidlos scheinenden Augen seltsam verzerrt und kantig. Es war mehr ihre Ausstrahlung, die mich ansprach und das noch nicht einmal im sexuellen Sinn.

Gerade war sie ihrem Lover huckepack auf den Rücken gesprungen, als der Bus vor ihnen hielt. Die Türen schwangen auf und die Turteltäubchen kamen gackernd hereingetorkelt. Ihre teure Kleidung deutete darauf hin, dass sie gerade von einer Veranstaltung kamen, wo es unter anderem reichlich Champagner zu trinken gegeben haben mochte. Was einiges erklären würde. Kaum, dass sich die Türen wieder geschlossen hatten, verfielen sie wieder in ihre verliebte Tollerei, wobei sie keinerlei Notiz von den anderen Fahrgästen zu nehmen schienen. Zügellos küsste er ihr den Hals ab, wozu sie wollüstig stöhnte. Dabei verloren sie fast das Gleichgewicht, aber mit einem sicheren Handgriff nach hinten bekam sie die Haltestange direkt vor mir zu fassen und bewahrte sich so davor, nach hinten überzukippen.

Im Bemühen, die beiden beim Herummachen – direkt vor mir – nicht zu sehr zu begaffen, ließ ich meinen Blick einen Moment auf ihrer Hand vor meiner Nase ruhen, betrachtete die feinen Poren darauf und das Spiel der Sehnen darunter. Und da packte es mich plötzlich. Etwas an ihrer Haut weckte einen unbändigen Trieb in mir. Es war, als würde ein nicht wahrnehmbarer Duft von ihr ausgehen, den ich wie ein ausgehungertes Raubtier witterte und sogleich in einen Rausch verfiel. Mit einem Mal spielte es keine Rolle mehr, ob ihr Gesicht makellos geformt war oder nicht. In meinem Kopf spielten sich nur noch unzählige Szenarien ab, in

denen ich mich noch hemmungslos über sie hermachte.
Es könnte auch so einfach beginnen, schließlich war sie
wortwörtlich zum Greifen nahe. Ich bräuchte nur ihre
Hand zu nehmen, den Ärmel ihres hellen Lodenmantels
zurückzustreifen und ihr wie ein verdammter Vampir in
den zarten Unterarm zu beißen, während ihr Ehemann
gerade damit beschäftigt war, kopfüber in ihr Dekolleté
zu tauchen.

Aber noch während mir der Mund wässrig wurde, riss
sie plötzlich die Hand wieder weg und mich aus meinen
Fantasien, denn er hatte sie soeben herumgewirbelt und
gegen die Glastrennwand gedrückt. Mein Blick war
ihnen unwillkürlich gefolgt. Wieder stöhnte sie auf, als
er nun tatsächlich seinen Riecher in ihren Ausschnitt
steckte. Ihre langen Finger krallten sich lüstern in seine
Schultern, während sie sich vor Wonne unter seinen
tastenden Händen wand.

Als der Bus mit einem unvermittelten Ruck an einer
roten Ampel hielt, kam ich für einen kurzen Moment
wieder zu Bewusstsein und kam mir augenblicklich
erbärmlich vor, wie ich dort in einem überfüllten
Nachtbus stand und mich am Liebesspiel zweier
angetrunkener Fahrgäste ergötzte. Vor allem aber, weil
ich mich trotz der körperlichen Nähe so unerreichbar
weit weg von dieser betörenden Frau fühlte, die sich

dort an einen jungen Mann mit scharfen, makellosen Gesichtszügen, haarloser Haut und einer unverkennbar dicken Brieftasche schmiegte. Ich hingegen war ein unrasierter Europäer mit abgewetzten Schuhen, schlabbriger Hose und zerzausten Haaren. Jemand wie ich spielte nicht in derselben Liga wie sie. Ich spielte nicht einmal dasselbe verdammte Spiel. Sie würde mich vermutlich nie auch nur eines einzigen gezielten Blickes würdigen!

Andererseits – zumindest zusehen konnte ich doch wohl, wenn ich schon direkt daneben stehen musste, während sie sich so unbekümmert gehen ließen. Also wandte ich mich ihnen wieder zu... und traf direkt auf ihren durchdringenden Blick. Ich erschrak, fühlte mich ertappt, wollte mich peinlich berührt abwenden. Aber ich konnte nicht, ich war wie gebannt. Ihre Hände strichen über seinen Nacken und durch sein schwarzes Haar, aber ihre dunklen Augen waren dabei fest auf meine gerichtet. Sie schien durch meine Pupillen direkt in mich hineinzuschauen. Es war plötzlich, als könnte ich ihre Stimme in meinem Kopf hören. *Steig mit uns aus, blonder Norde*, forderte sie. *Diese Nacht birgt unerwartete Abenteuer.* Ich kniff die Augen zu. Träumte ich? Nein, sie schaute mich noch immer unentwegt an und sandte ihre verführerische Einladung. *Steig mit uns aus, geselle dich zu uns!* Sie winkelte ein Bein an und ließ ihn mit der Hand ihren Straps-Strumpf hinauf bis zu ihrem Hintern fahren. Ihre Zunge strich lustvoll über ihre Lippen, während ihre geheimnisvollen Augen noch immer in meine starrten. *Steig mit uns aus – du willst es doch auch!*

Der Bus hielt, die Türen schwangen auf, er zog sie hinaus in die feuchtkalte Nacht. Ich zögerte. Es konnte nicht sein. Das musste ich mir eingebildet haben. So etwas passiert mir nicht! ...Aber was, wenn doch? Sollte ich mir diese Möglichkeit wirklich entgehen lassen? Was hatte ich schon zu verlieren? Im Zweifelsfall würde es lediglich ein elend langer Fußmarsch nach Hause werden. Wäre nicht der erste in meinem Leben. Schon begannen die Türen sich wieder zu schließen – letzte Chance! Also sprang ich hinaus. Kaum, dass ich draußen war, knallten hinter mir die Türen zu und der Bus fuhr los.

DER WEG

Ich stand allein an der Haltestelle. Ein eisiger Wind ließ mich den Kragen aufstellen. Hastig sah ich mich um. Das Pärchen war bereits Arm in Arm ein Stück die Straße hinunter gegangen, wobei sie gelegentlich etwas zur Seite ausscherten, wenn einer von ihnen den anderen begrapschte. Nichts deutete darauf hin, dass sie auch nur im Entferntesten mit mir rechneten. Und woher auch? Natürlich hatte ich mir nur eingebildet, dass sie mich lüstern angestarrt hatte. Ich war ein verdammter Narr!

Doch was war das? Sie schaute sich tatsächlich nach hinten um! Unsere Blicke trafen sich kurz wieder, ein Lächeln huschte über ihren schmalen Mund. Hatte sie sich nicht eindeutig vergewissert, dass ich mit ausgestiegen war? Schnell folgte ich ihnen, blieb aber stets einige Meter zurück. Der Zweifel nagte in mir, wie er es immer tat. Ich sah, wie sie etwas aus ihrer Handtasche kramte, was ich aus der Ferne für einen Bonbon hielt. Willenlos lutschte ihr Mann ihn aus ihren Fingern. Sie selbst nahm keinen. Ein weiterer verstohlener Blick zu mir, dann bogen sie in eine Nebenstraße. Während ich ihnen folgte, hörte ich sie leise miteinander reden. Ich verstand kein Wort von dem, was sie sagten, glaubte aber zu erkennen, dass es

Japanisch war.

Wir kamen an eine Querstraße, hinter welcher ein kleiner grasbewachsener Abhang folgte. Das Pärchen überquerte sie, ohne darauf zu achten, ob von irgendwoher ein Auto kam, und verschwand eine Betontreppe hinunter ins Dunkel. Ich schaute mich nach beiden Seiten um und folgte. Unten begann ein großes Feld dicht bebaut mit riesigen Wohnhäusern, die je mehrere Hundert Parteien beherbergten. Durch diese schlängelten wir uns auf gepflasterten Gehwegen hindurch. Sie sah sich nicht mehr zu mir um, sondern widmete sich ganz ihrem Liebhaber, der mir auf einmal ziemlich betrunken vorkam. Sie redete mit ihrer überraschend tiefen Stimme auf ihn ein; einen Arm um seine Taille gelegt, der anderen auf seiner Brust ruhend. In Pornos stiegen die Stimmen japanischer Frauen immer in geradezu alberne Höhen, wenn sie ihre Partner antörnen wollten. Ich hasste das und hatte mich augenblicklich in ihre selbstbewusste Stimme verliebt. Wie ich ihr so lauschte, merkte ich gar nicht, dass ich immer dichter aufgeschlossen war, um sie besser hören zu können.

Unvermittelt schwenkten sie in einen der Hauseingänge, sodass ich plötzlich genau bei ihnen stand. Sogleich deutete sie mir mit dem Zeigefinger auf ihren geschürzten Lippen still zu sein. Ihr Kerl hing wie ein nasser Sack an der Eingangstür und war verzweifelt bemüht, den Schlüssel in das Schloss zu führen. Sie neigte mir den Kopf zu und sprach ihre ersten echten Worte zu mir. Es war nur ein stimmloses Flüstern, aber dieses Mal war es ohne jeden Zweifel echt!

„Du musst ganz leise sein, damit mein Ehemann nicht merkt, dass du da bist. Aber ich habe ihn den ganzen Abend über nach und nach einen intensiven Cocktail an Betäubungsmitteln gefüttert. Er wird in Kürze kaum noch etwas mitbekommen." Sie sprach hastig, weil zu befürchten war, dass ihr Mann die Tür jeden Moment aufbekommen würde. Aber ihr Akzent war noch viel entzückender, als ich ihn mir vorgestellt hatte. Umso mehr irritierten mich ihre Worte. Sie hatte ihren Ehemann systematisch unter Drogen gesetzt? Was hatte das zu bedeuten?

„Du sollst dann unser GHOST sein", erklärte sie knapp. Ich wusste, was es hieß, ein GHOST zu sein. Berichte und Gerüchte darüber ließen sich schließlich überall aufschnappen. Wenn man auch nur die Hälfte glauben konnte, was die Leute sagen, so war es ein aufsteigender Trend, der aus Asien herüber geschwappt war. Ich hatte jedoch nicht im Traum daran gedacht, je selbst einer zu sein. Dafür war mein sexueller Horizont stets viel zu beengt gewesen. Perfidere Arten, seinen Partner zu betrügen, gab es wohl nicht.

„Hier nimm das", sagte sie, bevor ich etwas erwidern konnte. „Nur um sicher zu gehen, dass du lange genug durchhältst. Ich habe viel vor mit dir!" Sie reichte mir mit einem unwiderstehlich lasziven Blick eine blaue Pille. Ich wollte etwas sagen, doch da legte sie erneut den Zeigefinger auf ihre Lippen, denn ihr Ehemann hatte endlich das Türschloss bezwungen. Fast wäre er mit der aufschwingenden Tür ins Haus gefallen. Aber schon war sie wieder an seiner Seite. Mir wurde klar, dass sie ihn schon eine Weile mehr gestützt als umarmt hatte. Lachend stolperten sie in das finstere Treppen-haus. Wieder stand ich zögernd vor einer sich schließenden Tür. Ich hatte einfach nicht die Zeit, all die Risiken abzuwägen, die es barg, sich irgendeine unbekannte Droge einzuwerfen und zu zwei wildfremden Menschen in die Wohnung zu gehen, die offensichtlich ordentlich zugedröhnt waren. Alles was ich tat, war einen Blick auf die Pille in meiner Hand zu werfen. Im fahlen Licht der Eingangsleuchte meinte ich den Namen eines bekannten Potenzmittels zu erkennen. Hand aufs Herz: Was hatte ich nichtsnutziger Saftsack schon zu verlieren?

Kurzerhand warf ich mir das Ding ein und schlüpfte

durch die Tür. Ich ließ sie hinter mir ins Schloss fallen, während ich am Fuß der Treppe stand und wartete, bis die beiden mir ein gutes Stück voraus waren. Dann folgte ich ihnen. Sie lallten und lachten so laut, dass ich mir nicht all zu viel Mühe geben musste leise zu sein. Mein Herz raste während wir langsam immer höher hinauf stiegen. Als sie endlich abbogen und einen langen Gang hinunter wankten, war ich Meilen weit entfernt davon sexuell erregt zu sein, sondern drauf und dran wieder umzukehren und das Weite zu suchen. Aber ich tat es nicht. Eine abenteuerlustige Neugier trieb mich voran. Ich musste verrückt gewesen sein.

Auf leisen Sohlen folgte ich dem Pärchen und sah gerade noch, wie sie die Wohnungstür öffnete und ihren Mann küssend über die Schwelle zog. Die Tür blieb offen stehen. Während ich darauf zuhielt, bemühte mich krampfhaft so auszusehen, als hätte ich ein legitimes Anliegen. Was völliger Unsinn war. Erstens ging es niemanden etwas an, was ich dort tat, und zweitens war ich mittlerweile einigermaßen ausdrücklich eingeladen. Dennoch fühlte es sich irgendwie verboten an. Flüchtig warf ich einen Blick auf das Klingelschild. *Kasumi* und *Daisuke* las ich darauf. Dann schlüpfte ich schnell hinein und schloss die Tür.

DAS ZIEL

Einen Moment blieb ich stehen und sah mich um. Überall waren freundlicherweise die Lichter angestellt, sodass ich mir einen guten Überblick der unbekannten Umgebung verschaffen konnte. Ich befand mich in einer ebenso modern wie steril eingerichteten Wohnung. Das meiste war in schwarz und weiß gehalten, wurde jedoch durch gelegentlich verbautes dunkles Holz gebrochen. Die Wohnung wirkte seltsam unbewohnt. Zwar gab es einige Dekoration wie moderne Gemälde und Skulpturen, aber kaum etwas, das nach Gebrauchsgegenstand aussah. Wohlerzogen, wie ich war, zog ich meine Schuhe aus und stellte sie sorgfältig auf die Fußmatte. Meine Jacke behielt ich jedoch vorerst an. Sie enthielt alles, was ich an Wertgegenständen bei mir trug. Deswegen wollte ich sie ungern aus den Augen lassen.

Was nun? Sollte ich eintreten oder warten, bis ich geholt wurde? Ich hielt den Atem an und lauschte. In der Küche links summte über der blanken Arbeitsplatte eine Neonröhre. Sonst hörte ich nichts. Also wagte ich ein paar Schritte hinein. Die Bodenfliesen waren angenehm beheizt, was auch mich wieder etwas auftaute. Die erste Tür zu meiner Rechten barg vermutlich das Gäste-WC, darum hielt ich gerade aus auf das Wohnzimmer zu, welches wie die Küche offen stand und – wie sich mir sogleich offenbarte – über üppige Ledersofas verfügte. Die einzige verbliebene Tür war nur angelehnt. Ich atmete ein paar mal tief durch, innerlich flehend, dass mein Herz nicht gleich kollabierte. Dann drückte ich die Tür halb auf.

Der annähernd quadratische Raum wurde von einer hölzernen Plattform im Tatami-Stil beherrscht, auf welcher das Ehebett bereitet war. Am Kopfende befanden sich zwei grelle Strahler, welche direkt auf die Liegefläche gerichtet waren. Darauf lag ausgestreckt Daisuke, der Ehemann. Sein Hemd war aufgeknüpft, die Hose bis zu den Knöcheln herunter gezogen und seine Schuhe lagen vor dem Bett verstreut. Er rührte sich nicht. Oder doch? Tatsächlich, wenn man genau hinsah, konnte man erkennen, dass er tanzte! Seine Bewegungen waren so fein, dass man es leicht übersehen konnte. Dennoch war er unverkennbar gut drauf. Aber wo spielte die Musik? Ich drückte die Tür weiter auf und sah, dass an der Seite eine Schiebetür zum Schlafzimmer halb offen stand. Es war offenbar das beleuchtete Badezimmer, aus dem leise Musik ertönte. Kaum, dass ich einen Schritt in den Raum wagte, erschien *sie* im Eingang zum Badezimmer. Sie trug nichts mehr mit Ausnahme ihrer schwarzen Straps-Strümpfe. Bei dem Anblick fiel mir die Kinnlade herunter. Blut schoss mir warm in die Lenden zurück, Dank der chemischen Reuse des Potenzmittels dazu verdammt dazu zu bleiben. Mit den Augenbrauen winkte sie mich zu sich herein. Ich gehorchte, jedoch nicht ohne besorgt zu Daisuke hinüber zu schielen. Aber sofern dieser überhaupt noch in der Realität weilte, hatte er sicher große Schwierigkeiten aus dem grellen Lichtkegel heraus zu sehen, was im Dunkel des Schlafzimmers passierte.

So schlich ich unbemerkt ins Badezimmer und Kasumi ließ die Tür hinter mir zugleiten. Mit einer Fernbedienung drehte sie die Musik lauter, bevor sie geschmeidig wie eine Katze auf mich zu schlich. Ein Bild, dass ich mir am Liebsten auf Leinwand ziehen würde. Ohne ein Wort zu sagen streifte sie mir die Jacke von den Schultern, riss mir Sweater und T-Shirt zugleich vom Leib und öffnete mit ihren dünnen Fingern geschickt Gürtel und Jeans. Nun, da sie mir so nahe war, nahm ich sofort wieder die Witterung ihrer Haut auf. Nur mit Mühe konnte ich den Rausch in Zaum halten, der unweigerlich in mir aufstieg, mich dazu trieb, sie auf der Stelle im Stehen zu nehmen. Aber hier war nicht ich es, der die Regeln machte. In Wahrheit wusste ich nicht einmal annähernd, was ich dort überhaupt tat.

Kasumi ging vor mir in die Knie und zog meine Unterhose herunter. Sofort sprang ihr eine Erektion entgegen, wie ich sie selbst noch nicht erlebt hatte. Dick, pulsierend und leicht nach oben gekrümmt ragte mein Penis vor ihr auf. Als sie dann auch noch daran empor leckte und mir dabei unentwegt in die Augen schaute, stand er so unter Spannung, dass ich drauf und dran war, ihr nach ein paar schnellen Handstrichen einfach ins Gesicht zu spritzen.

„Genau das, wonach ich gesucht hatte", sagte sie, wobei sie mit den Fingerkuppen über meine Eichel strich. Als ich vor Anstrengung nicht schon vorzeitig zu kommen aufächzte, berührte Kasumi wie beiläufig ein paar Punkte rund um meinen Hodenansatz. Darauf hin verschwand der Druck einfach. Mein Penis stand noch immer wie eine Eins, war aber lang nicht mehr kurz vor dem Orgasmus. Verwundert schaute ich zu ihr hinunter.

„Wie ich bereits sagte", sang sie in ihrer kraftvollen Stimme. „Ich habe noch viel vor mit dir!" Als würde das alles erklären. Sie erhob sich ohne weitere Worte zu verlieren und führte mich mit der Hand an meinem Schwanz zu der Waschbeckenkonsole. Dort setzte sie sich rücklings drauf. Mich wieder mit ihrem unwiderstehlichen Blick fixierend spreizte sie nun in einem eleganten Bogen ihre in Straps gehüllten Beine.

Der Anblick, der sich mir dann bot, ließ mir fast die Tränen kommen. Ihre zierliche kleine Vulva wurde von schmalen, sorgfältig freigelegten Schamlippen umrahmt und lediglich durch einen kurz gehaltenen Trapez von Schambehaarung auf ihrem Venushügel gekrönt. Während ich noch fasziniert das Antlitz dieser wunderschönen Blume in mich aufsaugte, griff sie beherzt in mein Haar. Willenlos ließ ich mich auf die Knie drücken, um den Duft dieser Blume, der mich geradezu benebelte, aus nächster Nähe zu kosten.

Zunächst nur zögerlich begann ich mich mit der Zungenspitze von beiden Seiten an ihre Klitoriseichel heranzutasten. Schnell wurde ihr Atem schwerer und mein Lecken mutiger. Als ich dicht neben der Klitoris angekommen war, ging ein Ruck durch ihr Becken. Ich konzentrierte meine Bemühungen auf diese Bereiche, beschleunigte die Bewegungen meiner Zunge. Sie begann zu stöhnen. Ein rascher Blick nach oben verriet mir, dass ich nicht mehr unter Beobachtung stand. Kasumi hatte ihren Kopf genießerisch in den Nacken fallen lassen. Ihre Finger waren jedoch weiterhin in mein Haar gekrallt.

Während ich mit der Zunge bereits die wirksamsten Bewegungsmuster ausgetüftelt hatte und in verschiedener Reihenfolge immer wieder durchspielte, fing ich an ihre Vagina mit den Fingern zu erkunden. Begeistert rang ich mit den schlüpfrigen Muskeln am Eingang und kämpfte mich ins Innere vor. Ich fand die glatte Stelle an der Oberseite und begann daran zu reiben. Ihre Reaktion darauf war atemberaubend! Quiekend ließ sie ihr Becken kreisen. Dann schlang sie ihre Beine um mich und zog meinen Kopf dichter an ihre Scheide heran. Mehr Druck? In Ordnung! Ich ging aufs Ganze. Mit den Fingern penetrierte ich die gefundene Stelle immer schneller. In Strömen rann es meinen Arm hinunter. Ich leckte ihre Klitoriseichel nun direkt, umspielte sie, lutschte daran wie an einem Nippel. Da krümmte sie sich plötzlich nach vorn, ihre Schenkel quetschten meinen Kopf ein, in ihrem Gesicht stand ein stimmloser Schrei. War ich über das Ziel hinausgeschossen? War ich zu grob gewesen? Nein, ich spürte an meinen Fingern, wie sich ihre Vaginalmuskeln immer wieder zusammenzogen. Sie keuchte nun, was das Zeug hielt, wobei sie mein Gesicht in ihre Scham presste. Ich bekam kaum Luft, wagte aber nicht, mich aus der Umklammerung zu befreien. Denn ich wollte diesem Moment nicht kaputt machen. Kurz versuchte ich, ihre Lust noch zu steigern, indem ich noch etwas weiter machte, aber der Versuch wurde augenblicklich unterbunden. Sie war noch zu empfindlich.

Als sie sich beruhigt hatte, drückte Kasumi mir den

Kopf in den Nacken, sodass sie mir in die Augen sehen konnte. Dann erklärte sie mir um Atem ringend das weitere vorgehen.

„Ich werde jetzt zu meinem Mann gehen. Er wird sich schon fragen, was ich so lange treibe. Du wirst hier bleiben, bis ich dir ein Zeichen gebe. Ich werde ihn reiten, da er zu mehr sicher nicht mehr in der Lage ist. Du musst dann immer hinter mir außerhalb des Lichtscheins bleiben, damit er dich nicht sieht. Ansonsten brauchst du aber nicht vorsichtig sein. Ich gehe schon nicht kaputt!" Sie gab mir einen Stups auf die Nase. Wie ein Bockspringer setzte Kasumi über mich hinweg und verließ das Badezimmer. Drüben sprach sie zuckersüß mit ihrem Ehemann, der bloß einsilbig herum lallte. Ich konnte hören, wie sie aufs Bett sprang und versuchte ihn durch Neckungen wieder zurück unter die Lebenden zu holen. Dann wurde es wieder ruhiger. Überrascht stellte ich fest, dass sich mit dem Drang zu ejakulieren, auch meine innere Anspannung gelöst hatte. Ich war regelrecht tiefen-entspannt. Die Sache lief irgendwie von selbst und sie entwickelte sich ganz zu meinen Gunsten. Nachdem ich mich mit positivem Ergebnis von der Stabilität meiner Erektion überzeugt hatte, erhob ich mich. Neugierig stellte ich mich in die Badezimmertür.

Kasumi saß bereits breitbeinig auf seinem Gesicht und ließ ihn ihre Klitoris schlecken, wie ein Kätzchen die Milch. Da sie gerade erst gekommen war, brauchte sie ihre Wonne auch nicht zu spielen. Sie genoss seine Hinwendung, ließ ihr Becken über seiner Nase kreisen, bog ihren schlanken Körper lustvoll nach hinten. Trotz seines Zustandes gaben die beiden ein sehr ästhetisches Bild ab, wie sie sich gleich einem Fotomodell durch die Haare fuhr und er mit beiden Händen ihre Schenkel packte. Normalerweise hätte ich sofort von Neid gepeinigt den Raum verlassen, wenn ich ein Pärchen beim Sex gesehen hätte. Aber dort war ich der begehrte Libero auf der Ersatzbank, der Joker für den sicheren Sieg. Ich wusste, ich würde noch zum Zug kommen. Also konnte ich die Show genießen.

Nach einer Weile, ließ sie sich einfach nach vorne fallen und begann einen *69*. Ihr Haar schien wie elektrisiert, während sie im raschen Tempo seinen Schwanz lutschte. Er stöhnte wie ein Igel. Und wenn ihr sein Schwanz mit lautem Schmatzen aus dem Mund flutschte, wusste man auch warum. Sie schien ziemlich kräftig daran saugen! Offensichtlich wusste sie sehr genau, wie sie ihren Mann auf die Palme bringen konnte. Bald vernachlässigte Daisuke seine Aufgabe mehr und mehr. Seine Finger krallten sich in ihr rundes Hinterteil . Seine Lenden begannen immer häufiger nach oben zu stoßen und seinen Schwanz in ihren Rachen zu stoßen. Ein deutliches Zeichen: Er lebte wieder und er war bereit für Sex!

Also trieb Kasumi mit ein paar kräftigen Handbewegungen noch so viel Blut wie möglich in sein Glied, bevor sie sie elegant herumschwang und ihn zu reiten begann. Das tat sie, indem sie ihr knackiges Hinterteil ausladend hob und senkte. Nicht meine bevorzugte Technik, aber jeder wie er mag. Dabei blieb Kasumi dicht über ihn gebeugt, sodass er mühelos ihre Brüste erreichen konnte, was er umgehend ausnutzte. Mit seinen langen Fingern drückte er die süßen Früchte zusammen und schleckte schmatzend an ihren Nippeln, die in diesem Augenblick die Welt bedeuteten.

Meine Aufmerksamkeit hingegen galt ihrem Hinterteil, wie es sich gleichmäßig auf und ab bewegte. Ich konnte es kaum erwarten, eine Hände über ihre runden Arschbacken gleiten zu lassen, bevor ich meinen Schwanz dazwischen versenkte. Als könnte sie meine Gedanken lesen, führte sie plötzlich eine Hand an ihren Hintern. Mit kreisenden Bewegungen rieb sie ihr kleines dunkles Arschloch, was ich wie hypnotisiert verfolgte. Wie ein sprungbereites Raubtier pirschte ich näher heran, um besser sehen zu können. Ich war *Ghost*, der indische Tiger, der beobachtete, wie die Spitze ihres

Mittelfingers über den Schließmuskel glitt, wie sie hineinrutschte und darin verschwand. Fasziniert legte ich leicht den Kopf zu Seite, während ich genau verfolgte, wie ihr Finger im Rhythmus ihrer Hüftbewegung den Anus penetrierte. Mit unnötig ausladender Geste trieb sie ihren Finger hinaus und hinein. Konnte das sein? Instruierte sie mich? Wollte sie es so besorgt bekommen? Aber natürlich, das war das Zeichen!

Die Ankunft

Die Geisterstunde hatte also begonnen. Gerade wollte ich mich wie der wilde Tiger auf sie stürzen, da schnellte ihr Zeigefinger in die Höhe und hielt mich entschieden verneinend zurück. Ich stutzte. Doch schon beschrieb ihr Finger einen weiten Bogen, bis er befehlend auf die Kommode an der Wand zeigte. Dort lagen säuberlich Kondom und Gleitmittel bereit. Ohne zu zögern hastete ich hin, riss das Tütchen auf und streifte das Präservativ über meinen ungeduldig zuckenden Penis. Ich hatte keinen Schimmer, wie viel Gleitcreme ich benötigte, also sparte ich nicht damit. Kasumi nickte lächelnd, bevor sie ihrem Mann mit den Haaren die Sicht verdeckte, sodass ich mich ungesehen zum Bett begeben konnte.

Geschmeidig machte ich einen Satz auf die Plattform und einen weiteren auf das Bett. Erst als ich schon breitbeinig im Anschlag hinter Kasumi stand, fragte ich mich, ob Daisuke die Erschütterungen auf der Matratze nicht vielleicht gemerkt hatte. Aber das kluge Mädchen bearbeitete den armen Kerl so sehr, dass er außer dem Gefühlssturm in seinem Schwanz wohl gerade gar nichts mehr von der Welt mitbekam. Dementsprechend verfiel er in einen Trance artigen Mönchsgesang. Von Kasumis Blickfangenden Körper abgeschirmt ging ich außerhalb des grellen Lichtkegels in Stellung. Voll konzentriert näherte ich mich mit meinem präparierten Glied langsam ihrem süßen Arschloch. Dabei musste ich mich dem Rhythmus ihres Reitergalopps anpassen, um den richtigen Moment zu erwischen. Dann setzte ich meine Eichel vorsichtig auf und ließ sie durch Kasumis eigene Bewegung ein kleines Stück hineindrücken. Sie stöhnte auf, fuhr aber ungehindert fort. Mit jedem Stoß drang ich weiter in ihren After vor. Im gleichen Maß machte die Spannung der Aufregung Platz, als mir klar wurde, was ich da eigentlich gerade tat. Ich hatte soeben begonnen, genau die Frau zu ficken, die mir zufällig im Nachtbus begegnet war und mich in Erregung versetzt hatte. Und dabei war ihr Ehemann auch noch unmittelbar anwesend – mehr noch: Er machte freudig mit, ohne auch nur zu begreifen, was vor sich ging.

Dann rutschte mein Schwanz schließlich ganz hinein. Der Weg war frei, also traute ich mich, selbst die Kontrolle zu übernehmen. Genau wie ihr Finger es mir vorgemacht hatte, begann ich die volle Länge ausnutzend vor und zurück zu stoßen, wobei ich darauf achtete, den vorgegebenen Rhythmus des Paares nicht zu stören. Bald hatte ich den Dreh raus und konnte mich mehr darauf konzentrieren, was ich spürte und wie ich noch mehr für mich herausholen konnte. Durch Kasumis zartes Inneres konnte ich Daisukes Penis deutlich spüren, fühlte wie er an meiner Eichel vorüber glitt. Was mich zugegebener Maßen zusätzlich stimulierte. Merkte *er* davon nichts? Oder kam er bloß nicht auf die Idee, dass es sein könnte, was es tatsächlich war?

Ich konnte mir darüber nicht den Kopf zerbrechen. Endlich konnten meine Hände nach Lust und Laune ihren Hintern packen, in das weiche Gewebe greifen und über den entzückenden Rücken gleiten. Kasumi war schlank, aber nicht dürr, sodass keine irritierenden Hüftknochen oder ein allzu starker Absatz zwischen Taille und Rippen meinen Konsum beeinträchtigten. Und je mehr ich mir herausnahm, was ich wollte, desto mehr schien sie in lustvolles Stöhnen zu verfallen, mit dem sie auch Daisuke aufschaukelte. Es war solch ein Hochgenuss, dass ich mich zusammenreißen musste, nicht auch noch mit wonnigen Lauten einzusteigen. Unsere Körper arbeiteten zugleich wie ein getaktetes Räderwerk in einander verzahnt und doch vollkommen entfesselt. Wir wiegten und räkelten uns, schwitzten und röhrten, was das Zeug hielt. Ich fand an ihrer feuchten Haut kaum noch halt, brauchte ihn aber, um möglichst viel Körperkontakt zu Daisuke zu vermeiden. Ohne weiter darüber nachzudenken griff ich in Kasumis Haar, drückte ihren Kopf herunter, riss ihn grob umher, während ich völlig haltlos meinen Spuk trieb. Sie stoppte mich nicht, sondern ging mit. Als ich ihren Kopf schließlich an den Haaren zurückzog, um kraftvoller zustoßen zu können, bog sie sich mit nach hinten und streckte Daisuke aufschreiend ihre Titten entgegen. Von zwei Schwänzen penetriert erreichte sie einen tosenden Höhepunkt, wie man ihn einer solch zierlichen Frau gar nicht zugetraut hätte. Beflügelt durch das Schauspiel welches sich ihm bot, hielt auch Daisuke sich nicht mehr zurück, sondern kam unter gurgelndem Röcheln dazu. Kasumi ritt in emsig weiter, bis ihr gemeinsamer Orgasmus abgeklungen war.

Dann hielt sie inne. Ihre Hand für an meinen Bauch, um auch mir Einhalt zu gebieten. Dort ruhte sie einige Sekunden, bevor sie mich sanft zurück schob. Ich verstand und zog meinen Schwanz aus ihrem geweiteten Arschloch. Sie hob ihre Hüften an, zwischen denen sogleich der milchige Schleim herausrann. Wir alle atmeten schwer, aber Daisukes Atem verlangsamte sich schnell, wurde tiefer und leiser. Sein mit Drogen kämpfender Körper entspannte sich, wollte endlich Ruhe haben. Aber er lächelte wie ein Honigkuchen-pferd. Kasumi begann ihn zu küssen. Anfänglich erwiderte er ihren Kuss, streichelte sogar zärtlich ihre Wange. Aber als ihre Lippen von den seinen abließen und beruhigend seinen Körper umschmeichelten, entglitt er mehr und mehr ins Reich der Träume. Im gleichen Maß, bewegten sich ihre Küsse stetig weiter hinab, als hätte sie es auf seine Körpermitte abgesehen. In Wahrheit schlich sie wie eine Katze Stück für Stück auf mich zu und bot ihr erhobenes Hinterteil feil. Sobald sie in Reichweite war, glitt ich einfach wieder hinein. Auf diese Weise hatte sie geschickt den Ort des Geschehens nach hinten verlagert und ihren Ehemann zugleich zufrieden einschlafen lassen, zweifellos überzeugt seiner Frau trotz Trunkenheit eine fantastische Liebesnacht bereitet zu haben.

Doch diese war noch keineswegs vorüber. Ich ergriff die Gelegenheit im wahrsten Sinne beim Schopf, riss Kasumi zu mir rauf und packte ihre Brüste. Sie schmiegte sich an mich, legte ihren Kopf wollüstig auf meine Schulter. Langsam nahm ich meine Penetration wieder auf, wobei ich nun endlich jeden Teil ihres erhitzten Körpers begrapschen konnte. So tat ich, was ich am liebsten tat: Mit einer Hand knete ich abwechselnd ihre Titten, mit der anderen fuhr ich über ihren durch die Haltung gespannten Bauch. Meine Schnauze grub sich zwischen ihren Hals und ihre Schulter. Wild schnaufend verfiel ich in einen solch wilden Rausch, dass mir Hören und Sehen verging. Es gab nur noch Gefühl und Verausgabung, getrieben von diesem Duft ihrer Haut, der ich nun ganz und gar umhüllte, umgarnte, anstachelte. Zu Zweifeln an der

Lauterkeit unseres Tuns war ich längst zu benebelt. Ihre Finger schoben meine Hand von ihrem Bauch hinunter in den Schritt, wo ich die meinen hineinschob und meine Hand bogenförmig über ihre Klitoris streifte. Sofort begann sie sich wie eine dressierte Kobra an meinem Körper zu schlängeln. Schneller und schneller wiegten wir uns, enger umschlangen wir uns, härter stießen wir uns. Tiger und Schlange verfielen in einen ekstatischen Tanz, der in einem fulminanten Orkan obszöner Laute endete, als Kasumi ihren dritten Höhepunkt erreichte. Damit hatte sie genug, aber ich war noch immer nicht gekommen, konnte es einfach nicht.

„So, jetzt wollen wir den Tiger mal wieder in den braven Schoßhund zurückverwandeln", sagte sie und zerrte mich zurück ins Badezimmer. Dort kniete sie wieder vor mir nieder, streifte das glitschige Kondom ab und berührte die geheimnisvollen Stellen um meine Hoden.

Augenblicklich schoss mir das Sperma zurück in den Anschlag – drängender als je zuvor. Keuchend knickte ich ein. Das Stechen in meiner Eichel war so stark, ich wäre gestorben um endlich ejakulieren zu können. Flehend sah ich sie an. *Darf ich jetzt? Bitte!* Es stand Güte in ihrem Blick. Sie positionierte sich dicht vor meinem Schwanz und bearbeitete ihn beherzt mit beiden Händen. Unter ihren kreisenden Bewegungen dauerte es nur noch Sekunden, bis sich Schleusen öffneten und die Pumpen eine Springflut herausschwemmten. Es wäre aussichtslos zu versuchen, dieses Gefühl unendlicher Befriedigung auch nur annähernd zu beschreiben. Also überspringe ich das und mache sogleich mit dem Ergebnis weiter: Ladung um Ladung ergoss ich mich auf ihr Gesicht. Dabei verzog sie keine Miene, sondern fing gekonnt jeden Spritzer auf, verteilte den Schleim sorgfältig. Als ich wieder zu mir kam, war ihr Gesicht über und über mit dicken Streifen weißen Spermas bedeckt. Nichtsdestotrotz hatte sie noch ein Lächeln für mich übrig. Und auch ich strahlte. In diesem Augenblick hätte die Welt untergehen können, für mich gab es nichts mehr zu holen.

Der Bus bog ab und ließ mich aus der Dämmerung nach vorn fallen. Gerade noch bekam ich die Haltestange vor mir zu fassen, um mich abzufangen. Ich hing wieder erschöpft in einer Halteschlaufe am mittleren Eingang. In meine einsame Wohnung zu fahren bedrückte mich mehr als es sollte. Aber nach diesem Feuerwerk an euphorischen Gefühlen war ich umgehend in ein emotionales Loch gefallen. Ohne jeden Zweifel würde ich Kasumi nie wieder sehen und bereits jetzt fühlten sich die Erinnerungen für mich zu absonderlich an, um wahr zu sein. GHOST, Drogen und sonderbare Berührungstechniken... Hatte ich das alles wirklich erlebt? War ich überhaupt ausgestiegen? Oder war ich bloß weggenickt und befand mich noch immer in demselben Bus? Ich schaute mich um. Die Leute kamen mir nicht bekannt vor. Allerdings hatte ich mich, müde wie ich war, auch nicht aufmerksam genug umgesehen, als ich eingestiegen war, um sicher ausschließen zu können, dass nicht einige von ihnen auch schon zu Beginn da gesessen hatten. Seufzend nahm ich die Hand wieder von der Stange und fuhr mir mit der Hand über das matschige Gesicht. Und da war es wieder, dieses Gefühl. Ganz leicht nur, kaum spürbar im Hintergrund schwebend, aber es war unverkennbar: Der Geruch ihrer Haut haftete noch an meinen Händen!

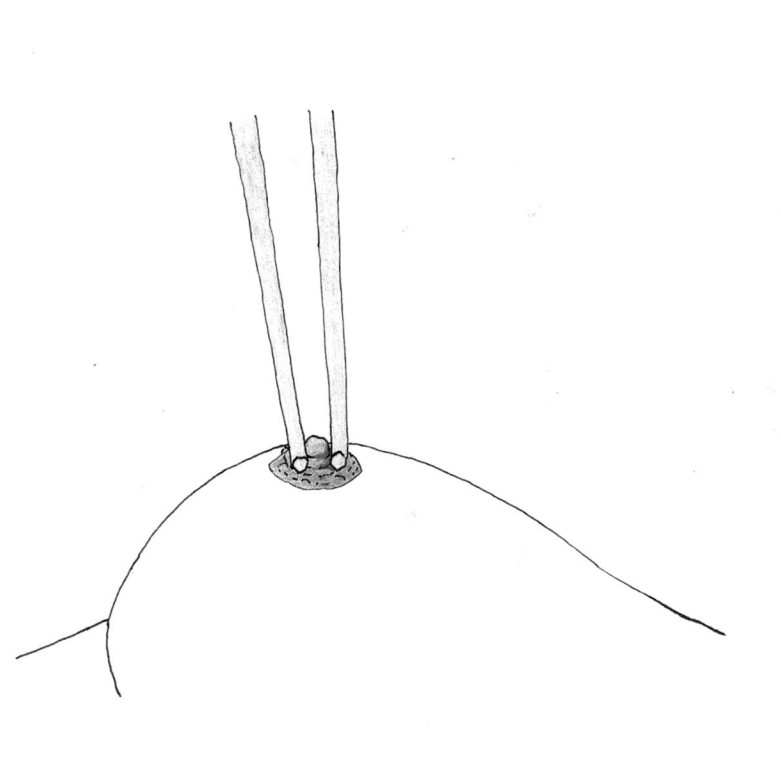

Zweiter Einseiter

ALL DIE BÄUME, STRÄUCHER UND PFLANZEN BREITETEN IHRE WURZELN AUS UND BILDETEN EIN GEFLECHT, DAS SICH ÜBERALL HIN AUSBREITETE UND VERDICHTETE. ICH WAR DIESES GEFLECHT, WAND MICH ALS ES UMHER. UND ES SPROSS NACH OBEN.

SO DURCHBRACHEN WIR GEMEINSAM BRACHEN WIR HERAUS, HINAUS UND AN EINEN STEINERNEN SARG AUF DER LICHTUNG. DARIN LAG DIE TOTE KÖNIGIN, JUNG UND SCHÖN.

ES SPROSSEN ALL UNSERE KNOSPEN UND TROPHÄEN, ÖFFNETEN SICH UND ERBLÜHTEN, ZU HULDIGEN DER KÖNIGIN. UND WIR SPROSSEN WEITER AN IHR EMPOR, SODASS, NOCH BEVOR IHRE SCHÖNHEIT KONNT' VERWELKEN UND VERBLASSEN, PRALLE BLUMEN ÜBER IHR WUCHSEN.

UND DIE VIELEN KLEINEN SPROSSEN BETASTETEN IHREN KÖRPER, UMSCHLANGEN UND BEDECKTEN IHN, LECKTEN IHN, SPÜRTEN DIE NOCH WARME WEICHE HAUT. DAS STARKE GEFLECHT BEGINNT SICH ZU WINDEN UND ZU ERBEBEN, GERADEZU DEN TOTEN KÖRPER WIEDERZUBELEBEN — HOPPLA, DA SIND WOHL DIE GEWÄCHSE MIT MIR DURCHGEGANGEN...

NACH DIESEM AKT DER PUREN LIEBE WURDE DER SARGDECKEL LANGSAM ÜBER MIR VERSCHLOSSEN.

Zurück in den Schoß der Mutter

Ich war gerade auf einem meiner Waldläufe. Der Wald beunruhigte mich jener Tage. Es schien ihm nicht gut zu gehen. Nicht, dass man es mit bloßem Auge hätte sehen können, aber etwas Bedrückendes lag in der Luft und ich wollte wissen, was es war. Da kam ich an eine Senke, an deren Rand in einem weiten Bogen an die 30 Polizeibeamte standen. Alle trugen Schrotgewehre, mit denen sie über die Brüstung hinunter zielten. Einer von ihnen hatte ein Megafon umgehängt und schien das Kommando zu haben. Ihn sprach ich an.

„Die Alte spielt verrückt", erklärte er mir. „Wir versuchen sie, so gut es geht, in Schach zu halten. Aber sie lässt sich einfach nicht beruhigen." Ich schaute hinunter. Auf dem mit Laub bedeckten Boden der Senke stand ein quadratisches Bett mit schwarzem Laken, einer Bettdecke mit schwarzem Bezug und blutroten Kissen. Dazwischen hockte von uns abgewandt eine Frauengestalt, in einem ebenfalls pechschwarzen Kleid, welches lang ausschweifend in die Bettwäsche überzugehen schien. Ihr wallendes Haar schimmerte rotbraun, während sie sich wimmernd umherwiegte. Ich fragte, wo denn das Problem liege. Aber da zuckte der MEGAFONMANN nur mit den Schultern.

„Ist wohl zu lange nicht mehr durchgenommen

worden", sagte er und grinste breit unter den verspiegelten Gläsern seiner Pilotenbrille. Ich beschloss mir die Frau einmal näher anzusehen. Dagegen hatte er nichts einzuwenden. Vermutlich war er sogar froh, dass sich jemand anderes dieser Sache annahm.

„Falls etwas sein sollte", knurrte er. „Wir sind hier oben!" Demonstrativ lud er seine Pumpgun durch. Aber ich ignorierte sein Gehabe. Langsam schritt ich Stufe um Stufe die Stahltreppe hinab. Dabei hielt ich meinen Blick unentwegt der Frauengestalt zugewandt, vermied jedoch jeglichen Augenkontakt. Denn ich wollte sie auf keinen Fall reizen. Vorsichtig umrundete ich mit gebührendem Abstand das Bett. Dann stand ich vor ihr, betrachtete sie etwas genauer. Sie war zierlich gebaut, aber zugleich wohl geformt und unbeschreiblich schön. Es wäre notwendig und hoffnungslos untertrieben, wenn man sagte, man sähe ihr das Alter gar nicht an. Obwohl sie die Gesichtszüge einer reifen Frau trug, schien ihre Haut jung und frisch. Rein äußerlich schien sie in der Blüte ihres Lebens zu stehen. Nichtsdestotrotz hatte ihre Erscheinung aber auch etwas von einer Spinne, die in ihrem Netz hockte.

Als sie mich sah, verstummte ihr Heulen. Sie schien mich zu mustern, also öffnete ich die Hände, damit sie sehen konnte, dass ich unbewaffnet war. Das war allerdings vollkommen unnötig, denn ihr Blick stieß durch mein Fleisch direkt in meine Seele, in der sie lesen konnte, wie in einem Buch. Dort fand sie meine Aufrichtigkeit und Fürsorge. Sogleich zeigte ihre Miene ein mildes Lächeln. Geschmeidig winkten ihre langen Arme mich heran. Doch ich zögerte. Im Gegensatz zu ihr vermochte ich nicht hinter die Fassade zu blicken. Ich wusste nicht, ob sie mich tatsächlich willkommen hieß oder mich nur heranlocken wollte, damit sie mir den Kopf abreißen konnte. Sie war zwar alt und schwächer geworden, aber zweifellos noch immer das fürchterlichste Geschöpf, das man sich zum Feind machen konnte. Und auch, wenn wir heutzutage meist anderer Auffassung sind, ist sie nach wie vor unberechenbar.

Ich schaute zu den Männern auf der Brüstung hinauf. Sie hielten ihre Gewehre im Anschlag und schussbereit. Da fasste ich mich ans Herz und ging zu ihr aufs Bett, wo ich von ihren ausgebreiteten Armen empfangen wurde. Sie umschloss mich ganz fest, presste mich innig an ihren Körper. Mein Kopf ruhte auf ihrem nur knapp mit Stoff umhüllten Busen, was mir überaus unangemessen erschien. Aber als ich meinen Kopf anhob, wurde ich umgehend mit der Nase wieder hineingedrückt. Ich fragte mich, ob der MEGAFONMANN vielleicht unwissentlich Recht gehabt hatte. Vielleicht

litt die Gute wirklich an langwährenden Entbehrungen.
Wenn das stimmte, sollte ich dann womöglich der
Auserwählte sein, dem diese Ehre zu Teil wurde?
Plötzlich stockte mir der Atem, weil sie wie zur
Bestätigung meiner Gedanken unter mir ihren Schoß
öffnete und mich hineinsinken ließ. Zu meiner Linken
erschien eines ihrer nackten Beine durch einen Schlitz
im Rock ihres Kleids. Sie griff nach meiner Hand und
führte sie an ihren warmen, weichen Schenkel. Sie hatte
die makellos zarte Haut einer Teenagerin. Gierig glitten
meine Finger darüber. Ich drückte das Bein sanft von
mir, damit ich über die empfindliche Innenseite
streichen konnte. Während dessen hatte sie mit beiden
Händen meinen Hintern gepackt. Immer wieder zog sie
mich an sich, ließ meine Lenden über ihr Becken
schrammen.

Da wusste ich, dass ich keine Umwege zu nehmen
brauchte. Also riss ich ihren Rock beiseite, sodass ich
ihren blanken Schoß vor mir hatte. Dann öffnete ich
rasch Gürtel und Hose und befreite meine Erektion.
Kaum, dass ich meine Eichel zwischen ihre
Schamlippen gedrückt hatte, wurde ich gewahr, dass der
MEGAFONMANN mehr als Recht gehabt hatte. Der
Eingang zu ihrer Scheide war so feucht und glitschig,
wie man es sich nur wünschen konnte. Zugleich war er
aber so eng, wie ich es nie zuvor erlebt hatte. Sie musste

schon so lange nicht mehr bestiegen worden sein, dass sich das Gewebe vollkommen gestrafft und sich ihre Muskeln entwöhnt und gefestigt hatten. Es war schlimmer als eine Entjungferung. Vorsichtig schob ich mich weiter vor. Aber da zogen sich ihre Vaginalmuskeln noch weiter zusammen. Dabei erhitzten sie sich so sehr, dass die darüberliegende Schleimhaut an meiner Eichel fast unerträglich heiß wurde. Ich erschrak. Etwas lief eindeutig falsch. Aber was war zu tun? So etwas hatte ich noch nie erlebt. Und in diesem Moment der Verwirrung versagten meine sonst so guten Reflexe. Anstatt die Flucht nach hinten anzutreten, stieß ich unwillkürlich vor, um den unangenehmen Widerstand zu überwinden. Das war ein fataler Fehler. Sie kreischte auf. Sofort wurde ich mit solcher Wucht weggestoßen, dass ich jede Bodenhaftung verlor. Das letzte, was ich sah, war ihr liebliches Gesicht zu einer bestialischen Fratze aus Schmerz und Zorn verzerrt. Dann wurde ich von unbändiger Kraft in abertausende Stücke gerissen und verging in einem Sprühnebel aus Blut und Knochensplittern.

◯

Alles auf Anfang. Ich gehe wieder durch den Wald. Erneut treffe ich bei der Senke ein. Der MEGAFONMANN beginnt seinen Text abzuspulen: „Die Alte spielt verrückt!" Aber ich lasse ihn einfach stehen. Marschiere vorbei an den bewaffneten Polizisten schnurstracks die Treppe hinunter, wobei ich bereits Gürtel und Hose öffne. Unten werfe ich mich direkt aufs Bett und in ihre Arme. Keine Umwege, kein Zögern. Nun weiß ich, was geschehen wird. Dieses Mal bin ich vorbereitet. Noch einmal wird mir das nicht geschehen.

Schon steckt meine Eichel wieder zwischen ihren Schamlippen. Auch dieses Mal scheint sie enger als ein Gartenschlauch und wird brennend heiß, als ich sie zu dehnen versuche. Aber dieses mal ziehe ich meinen Schwanz wieder ein Stück zurück, warte kurz, bevor ich abermals versuche ihn weiter hineinzudrücken. Und siehe da, ich komme tatsächlich ein kleines bisschen weiter rein. Geduldig arbeite ich mich auf diese Weise voran, immer zwei Schritte vor und einen wieder zurück. Klopfe vorsichtig bei jedem ihrer bockigen Muskeln an, bevor ich ihn passiere. Dann, ganz plötzlich, habe ich die Barriere durchbrochen. Wie jemand, der versucht eine Tür aufzudrücken, die gerade geöffnet wird, stürze ich in ihr Inneres. Von nun an ist es ein Kinderspiel. Ungehindert, doch bei Leibe nicht reibungslos, geht es rein und raus. Ihre kräftige Vagina saugt mich geradezu in sich hinein. In meinem Kopf ertönt BEETHOVEN. So liebe ich mich mit MUTTER NATUR und es fühlt sich einfach wunderbar an; warm, weich und wohl behütet. Während dessen begrapschen meine Hände wie von selbst ihren nackten Körper, ihre dicken Brüste im Wesentlichen... Nackt? Wo ist ihr schwarzes Kleid hin? Und wo sind meine Klamotten? Keine Zeit darüber nachzudenken. Das Gefühl ihrer zarten Mädchenhaut macht mich rasend. Ich wünschte, ich könnte sie mit meinen Fingern ansaugen, so dass ich sie immer und ewig fühlen kann.

Aber was ist das? Mit einem Mal spüre ich meinen Penis nicht mehr hinausgleiten, spüre nicht mehr die kalte Waldluft am feuchten Schaft. Ich schaue an mir hinunter und sehe, dass meine Lenden mit ihrem Schoß verwachsen sind. Ihre Haut geht nahtlos in die meine über. Wir sind wie siamesische Zwillinge mit einander verwachsen! Für eine Schrecksekunde steigt Panik in mir auf. Ich versuche mich loszureißen, doch es ist aussichtslos. Sie ist ein Teil meines Körpers geworden. Vor Angst schnaufend schaue ich sie an. Aber sie schließt mich nur wieder mit einem milden Lächeln in ihre Arme, presst mich an sich. Schon verklebt meine Wange mit ihrem Busen. Ein vergeblicher Versuch meinen Kopf wieder hochzureißen, dann bricht sich unsere Verbundenheit Bahn. Mein Puls beruhigt sich, gleicht sich an den ihren an. Zelle um Zelle sinke ich weiter in sie hinein. Ich kriege bereits keine Luft mehr durch die Nase. Meine Augen sind zu wertlosen inneren Organen verkommen. Es ist finster um mich, wird still. Nur das Dröhnen ihres gewaltigen Herzens hallt in meinem leeren Schädel. Ich kehre heim zu MUTTER NATUR, werde eins mit ihr. Es ist die vollkommene Vereinigung. Schon beginne ich mich aufzulösen.

Ich...

Ein Moment der Klarheit

Ich beobachtete gerade eine knorrige Eidechse, die an der Wand hinauf kletterte, als du wortlos eintrittst und mir das Tablett mit meinem Essen auf den kleinen grob gearbeiteten Holztisch stellst, an dem ich wie üblich hockte. Du willst sogleich wieder hinaus gehen, doch ich greife schnell deinen Rock und halte dich fest. Du versuchst dich zu lösen, aber mein Griff ist zu fest.

„Was ist denn?", fragst du mich etwas genervt. Ich antworte nicht, sondern schmiege mich nur feste an deinen Schoß, reibe meine Wange daran. Du seufzt.

„Ich habe nicht viel Zeit. Lass uns schnell machen", sagst du. Dann ziehst du ohne ein weiteres Wort deine Kleider aus und legst dich auf die dünne Matte, die ich mein Bett nenne. Ruhig, fast reglos liegst du da, die Hände zu beiden Seiten neben deinen Kopf gelegt, sodass die Unterseiten nach oben zeigen. Nur zur Atmung heben sich dein Bauch und deine Brust ganz sachte. Mit starren Augen siehst du mich an in Erwartung dessen, was nun folgen wird. In diesem Moment bist du ganz mein.

Mein Blick wandert langsam über deinen nackten Körper. Dein Anblick löst in mir unbändiges Verlangen danach, dich zu berühren. Zögernd strecke ich die Hand aus, bis meine Fingerspitzen deine Bauchdecke berühren. Sanft lege ich die flache Hand auf und beginne deine Haut zu streicheln. Sie fühlt sich warm und unbeschreiblich weich an. Nichts umschmeichelt meine Finger mehr als die zarte Haut einer Frau. Deine Haut.

Und so wird mein Streichen und Tasten wilder. Im Bestreben, immer mehr von diesem Gefühl zu bekommen, dehne ich die Kreise meiner Bewegung stetig weiter aus, umspiele deinen Nabel, greife an deine Seite und umfasse deine Taille, knete sie leicht. Deine Atmung wird lauter. Dann gleitet meine Hand außen auf deinem straffen Oberschenkel auf und ab, rutscht zwischen deine Beine und streichelt den anderen auf der innen Seite.

Sogleich winkelst du ein Bein leicht an, als wolltest du dort etwas beschützen. Dennoch, nur sanft zu streicheln reicht einfach nicht, das Fühlen deiner Haut wird zum Rausch. Ich will mehr, will alles in mir aufsaugen. Also lehne ich mich über dich und streiche nun mit beiden Händen an deinen Flanken entlang. Geradezu unwillkürlich strebt mein Mund deinem Körper zu. Nase und Lippen fahren über deinen Bauch, während ich den Kopf umher wälze. Unter mir vollzieht dein Oberkörper ein paar langsame Wellenbewegungen. Du könntest mich kaum mehr anmachen. Tief atme ich ein, sauge deinen Geruch auf.

Dann halte ich es nicht mehr aus, meine Triebe übernehmen ganz mein letztes bisschenVerstand. Wie zur Begrüßung stößt meine Zungenspitze kurz in deinen Bauchnabel. Du zuckst erschrocken zusammen. Flink nutze ich den Augenblick und beiße dir vor Wonne schnaufend in die Flanke – ganz leicht nur, trotzdem windest du dich aufstöhnend. War ich zu grob? Keine Zeit darüber nachzudenken. Deine Bewegungen sind viel zu erregend.

Meine Hände gleiten unter deinen Körper, verleiten dich dazu, den Brustkorb anzuheben, sodass du mir deine wundervollen, runden Brüste präsentierst. Ehe ich mich versehe umspielt meine Zunge einen deiner Nippel. Meine Hände rutschen wieder unter dir hervor und umschließen je eine Brust, kneten kraftvoll das weiche Gewebe, als könnten sie so darin eintauchen und versinken. Stunden lang könnte ich mich so beschäftigen.

Nur vage kriege ich mit, dass ich mittlerweile auf dir liege und immer wieder meine Lenden auf deine geschlossenen Schenkel presse, wobei mein Fuß immerzu an deinem Bein entlang streicht. Aber noch bin ich voll und ganz damit beschäftigt deine Nippel zu lecken, daran zu saugen, sie ein wenig mit den Zähnen zu zwicken. Gegen letzteres versuchst du dich zu wehren, aber schaffst du es nicht. Du kannst mich nicht mehr aufhalten. Alles, was du erreichst, ist mich nur noch mehr zu erregen. Unbeirrt schiebe ich meine Hände unter deinen Schultern durch und greife sie, um dich zu fixieren.

Ich ziehe mich ein Stückchen weiter hoch, presse dich fest an mich und beiße dir wie ein wildes Tier in den Hals. Du schreist auf, doch es hört sich zum Glück nicht nach Schmerzen an. Meine Lippen wandern beruhigend an deinem Hals entlang und unter dein Kinn. Ich reibe meine Wange an deiner. Dann wechsle ich unvermittelt unter eine deiner Achseln und lecke sie, spüre sie scharfen Stoppeln der abrasierten Haare. Ein erneuter Schrei der Überraschung, gefolgt von einem Lachen, während ich mit der Nase in deiner Achselhöhle umherfahre.

Schließlich gleiten meine Hände deine Arme hinauf. Ich rutsche noch weiter nach oben, um an deinem Ohrläppchen zu knabbern. Es ist so weit. Ein kurzer Moment der Klarheit. Schwer atmend und mit geröteten Wagen schaue ich dich an, voller Hoffnung in deinen schwermütigen Augen die Antwort auf meine drängende Frage zu finden: *Willst du es auch?*

Aber du schaust mich nicht an, sondern einfach nur an die Decke, wo die Eidechse unbekümmert herumkrabbelt. Und so verfliegt der Moment sofort wieder. Ich kann nicht länger warten. Mit den Knien drücke ich deine Beine auseinander. Dann friemel ich meinen Schwanz aus der Unterhose und suche mit ihm den Eingang in deine Scheide. Du hilfst mir nicht, sondern starrst unentwegt an die Decke. Schließlich finde ich meinen Weg hinein. Ganz langsam schiebe ich mein Glied zwischen deinen Schamlippen durch, fühle wie sich nach einander deine glibschigen Muskeln im inneren lösen und mich vorbei lassen. Das ist immer einer der schönsten Augenblicke. Es fühlt sich so wundervoll an. Ein Zug fährt durch meine Lenden, als der letzte Muskel mir den Weg freigibt. Wie von selbst beginne ich mit kräftigen Stößen dieses sonderbare Gefühl in der Spitze meines Schwanzes zu erzeugen, das fast noch schöner ist, als jenes, welches ich habe, wenn ich deine Haut anfasse. Und nun kann ich wieder beides haben! Also knete ich wieder deine weichen Brüste, lecke daran, während meine Stöße immer schneller und heftiger werden. Dein Gesicht wirkt nun leicht angespannt. Aber du sagst nichts, gibst keinen Mucks von dir. Du lässt es einfach nur geschehen. Verzweifelt versuche ich dir zu zeigen, wie sehr es mir gefällt, aber alles was mir entfährt ist ein widerliches

Grunzen und Schnaufen. Das Gefühl in meinem Penis wird stärker, dringlicher. Ich kann an nichts anderes mehr denken. Etwas anderes gibt es für mich gerade nicht. Es ist, als ob die ganze Welt sich zusammenzieht und auf diesen winzigen Punkt zusammenballt. Und dann plötzlich fließt sie wieder aus meinem Penis heraus. Wie eine Pumpe entleert er sich. Es fühlt sich an, wie die erste Frühlingsblume, die ich von meinem Fenster aus sich öffnen sehen kann. So wunderschön! Ich will nicht, dass es aufhört, aber das Gefühl geht. Ob es wieder kommt, wenn ich einfach weiter mache? Unermüdlich stoße ich weiter und weiter. Ich wünschte es könnte immer Frühling sein!

Plötzlich spüre ich deine Hände an meinen Schultern, sie versuchen mich wegzudrücken.

„Brüderchen, das reicht doch jetzt", sagst du und schiebst mich zur Seite, fort von dir. Mein Körper ist schon zu schlapp, um sich dagegen zu wehren. Aber ich bin zufrieden. Friedlich lächelnd schaue ich zu, wie du dich wäschst und wieder anziehst. Anschließend hilfst du mir, meine Tunika wieder anzuziehen, sagst dass du bald wieder kommst und gehst. Die Tür geht zu. Ich höre, wie du den Riegel davor setzt. Es ist wieder an der Zeit für Einsamkeit.

Die letzte Ehre

Es war ein sonniger Frühlingstag. Ein wenig frisch, aber nicht so, dass es draußen zu kalt gewesen wäre um herumzustehen. Es war eher so, dass ich mir besseres vorstellen konnte, als die ganze Zeit herumzustehen und mir all diese heuchlerischen Worte anzuhören. Dennoch standen wir alle betreten schweigend da und starrten dorthin, wo das Geschehen war – auch wenn dort im Grunde gar nichts geschah. Ich hatte natürlich gewusst, dass es so sein würde, und ich wäre am liebsten fort geblieben. Aber sie sagte, wir *müssten* hingehen. Also gingen wir hin. Und nun langweilte ich mich zu Tode. Wie passend für eine Beerdigung, da können sie mich gleich mit einbuddeln.

Ich hielt mich absichtlich etwas im Hintergrund, damit es nicht zu sehr auffiel, dass ich nicht wirklich bei der Sache war. Aber alle um mich herum standen ohnehin reglos da und lauschten angestrengt. Vermutlich bekamen sie gar nicht mit, was links oder rechts von ihnen geschah. Hoffentlich merkten sie wenigstens, dass sie sich dort die Beschreibung irgendeines Fantasiewesens anhörten, anstelle des verkalkten Dreckskerls, um den es eigentlich gehen sollte.

Mein Blick fiel auf ihr Hinterteil, welches sich durch den engen, schwarzen Rock hervorragend abzeichnete.

Zum Glück stand sie direkt vor mir, pflichtbewusst Anteilnahme heuchelnd. So konnte ich ihren knackigen Hintern in aller Ruhe betrachten, sehen wie er sich bewegte, wenn sie ihr Gewicht verlagerte, und mich all der schönen Momente erinnern, in denen er eine nicht unwesentliche Rolle gespielt hatte. Bei dem Gedanken daran versteifte sich mein Glied zusehend. Und je mehr sich mein Schwanz bemerkbar machte, desto anziehender wirkte ihr Arsch auf mich. Bald lechzte ich danach ihren Hintern anzupacken, aber ich beherrschte mich mit Mühe und Not. Dafür wurde mein Ständer so groß, dass ich befürchtete, er würde durch die dünne Anzughose all zu offensichtlich hervorstechen. Was, wenn nun doch mal jemand mal zur Seite schaute? Dies war nun wirklich nicht der richtige Augenblick um mit erhobener Lanze da zu stehen.

Ich musste ihn irgendwie verstecken. Also trat ich näher an sie heran, sodass meine Lenden von ihr abgeschirmt wurden. So weit so gut, nur war ich der Quelle meiner Lust nun wortwörtlich zum Greifen nahe, was mir natürlich keine Ruhe ließ. Ich fasste ihre Taille und schnupperte ihr Haar. Es roch wie immer betörend. Sie reagierte nicht, tat als würde sie der Andacht folgen. Aber ich wusste, dass auch sie nur aus Pflichtgefühl hier war und sich in Wahrheit nicht für das interessierte, was gesprochen wurde. Also beschloss ich, mir meine Zeit damit zu vertreiben, meine Grenzen auszutesten. Kurzerhand zog ich sie zu mir heran, sodass sie meinen Schwanz deutlich spüren musste. Und tatsächlich, jetzt drehte sie den Kopf ganz leicht zu mir und öffnete den Mund, als wollte sie etwas sagen, ließ es dann aber bleiben. Ich konnte sehen, wie ihre Zungenspitze über ihre Vorderzähne fuhr. Dann wandte sie sich wieder dem Geschehen zu. Offenbar hatte ich einen Nerv getroffen. Langsam ließ ich meine Fingerspitzen an ihrer Taille kreisen. Dafür machte sie ein paar unbestimmte Hüftbewegungen, wodurch ihr Hintern sich kurz an der Unterseite meines steifen Schwanzes rieb. Sofort hielt ich meine Hände still. Sie hatte den Spieß kurzerhand umgedreht. Wenn ich weitermachte, würde sie meine Selbstbeherrschung auf eine harte Probe stellen. Ich glaubte, sie leise glucksen zu hören, aber das kann ich mir auch eingebildet haben.

Eine Weile stand ich unschlüssig da. Aber bald wurde mir klar, dass ich es längst zu weit getrieben hatte. Ich war erregt, jetzt half nur noch sexuelle Aktivität und wenn es nur Wichsen wäre – oder eine kalte Dusche. Aber eine Dusche gehörte selten zur Ausstattung einer öffentlichen Friedhofs-Toilette. Also würde ich diese gewiss nicht nehmen können, bevor wir nicht wieder zuhause waren. Damit stand die grobe Richtung schon mal fest. Aber ein bisschen musste ich noch aushalten.

Es war ein denkbar ungünstiger Zeitpunkt, um sich kurz zu verdrücken. Und so spielte ich weiter mit dem Feuer. Wann immer ich uns unbeobachtet glaubte, ließ ich eine Hand über ihren straffen Bauch oder an ihrem Schenkel entlang gleiten. Und sie rieb sich an meinen Lenden, jedes Mal mit etwas mehr Druck als zuvor. Als der Prediger seine Rede endlich abschloss, packte ich ihr sogar beherzt an eine ihrer Arschbacken. Grober Fehler! Sie revangierte sich, als die Prozession zur Grube schritt, in dem sie mir beherzt in den Schritt griff. Ich musste mir heftig auf die Unterlippe beißen, um in der Realität zu bleiben.

Während der Grabrede wurde mir plötzlich klar, dass ich etwas nicht bedacht hatte. Es würde einen kurzen Moment geben, an dem alle Augen mehr oder weniger auf mich gerichtet sind. Der Moment, in dem alle um das Grab herumstehen und beobachten würden, wie ich an der Reihe war, ein Häufchen Erde auf den Sarg zu schippen. Zu allem Unglück hatte ich natürlich nicht mehr genug Blut im Kopf, um mir einen kreativen Ausweg einfallen zu lassen. Stattdessen bemühte ich mich, mir einzureden, dass es den Leuten schon nicht auffallen würde, dass ich alles andere als mit Halbmast am Grab meines Großonkels stand. Ein Strohhalm, ich gebe es zu. Ich wäre verloren gewesen, hätte ich nicht diese treue Seele an meiner Seite gehabt. Kurz bevor wir an der Reihe waren, raunte sie:

„Schatz, ich möchte gern diese Blumen mit ins Grab geben, würdest du so lange meinen Mantel halten, damit ich meine Hände frei habe?" Natürlich, ihr Mantel, den sie die ganze Zeit über dem Arm trug! Sie lächelte flüchtig. Auf sie war Verlass und sie wusste genau, wie sehr ich sie in diesem Augenblick brauchte. So konnte ich gut abgeschirmt meine Pflicht tun.

Als die ganze Prozedur abgeschlossen war, marschierten alle gemächlich zum Parkplatz, von wo aus es ins Café gehen würde. Alle außer zwei versauten Angehörigen, die sich in den Geräteschuppen des Gärtners stahlen, um einen dringenden Quickie einzuschieben – von hinten versteht sich. Sie stützte sich ohne Umwege auf den Aufsitzmäher und hielt mir bereitwillig ihren geilen Arsch hin. Sie wusste, ich konnte nicht länger warten. Gürtel und Hose hatte ich bereits in der Tür geöffnet. Ohne zu zögern stülpte ich nun ihren Rock hoch, riss Strumpfhose und Höschen runter und holte mein bretthartes Ding raus. Ich strich ein paar Mal damit über ihre feuchten Schamlippen, um mich anzukündigen. Dann drückte ich ihn ohne Umwege rein. Sie stöhnte auf, weil ich ihren Vaginalmuskeln keinen Warmlauf gegönnt hatte. Aber ich war nun nicht mehr zu stoppen. Wie von Sinnen stieß ich immer wieder mit ganzer Härte zu, spürte, wie mein Schwanz in ihrem zarten Inneren wütete.

Schneller und schneller wiegten wir uns, dass die Achsen des Rasenmähers zu quietschen begannen. Ich krallte mich in ihre Arschbacken, ich schlug darauf und schließlich drückte ich ihr noch meinen Daumen ins Arschloch.

Dann Klopfte es laut an die Tür und die verstörte Stimme meines Bruders ertönte.

„Mein Gott, seid ihr noch ganz bei Trost? Man hört euch noch weit draußen!", brüllte er. „Was ist nur in dich gefahren, Kenneth, bist du schon wieder auf Drogen? Mensch wir warten alle auf euch und ihr habt nichts besseres zu tun, als es munter auf dem Friedhof zu treiben?! Ja, seid ihr noch zu retten? Ich glaube mein Hamster bohnert! Jetzt pack' endlich dein Ding weg und komm verdammt noch mal zum Auto!" Ach ja, wir waren ja in einer Fahrgemeinschaft unterwegs, damit wir uns die Hucke voll laufen lassen konnten. Das hatte ich ganz vergessen. So eine Scheiße! Das sollte sie mir später nie verzeihen. Aber da hätte sie auch selbst dran denken können. Ich merkte, wie sie sich versteifte, nun da wir erwischt worden waren. Schon wollte sie sich aufrichten. Aber jetzt konnte ich doch noch nicht aufhören, wie stellte sie sich das vor? Also stieß ich sie wieder nach vorn.

„Ja, ist gut, Robert, wir kommen ja gleich!" Rief ich zurück und legte wieder los.

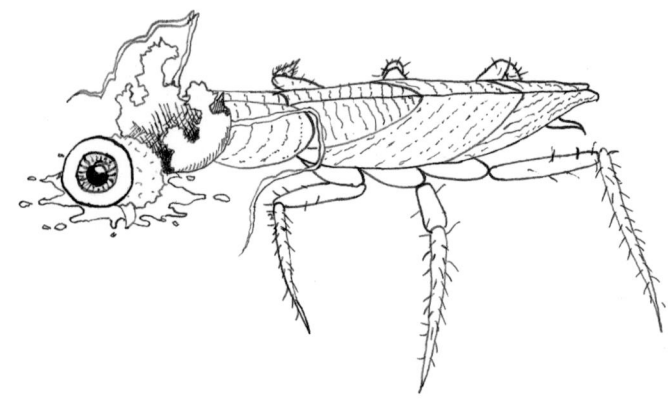

Dritter Einseiter

PLÖTZLICH SCHWIRRTE EIN RIESIGES INSEKT DURCH DAS ZIMMER. DIE MÄDCHEN RANNTEN KREISCHEND HINAUS. SO OBLAG ES MIR, MICH DES EINDRINGLINGS ANZUNEHMEN. ALSO ROLLTE ICH EINE ZEITUNG AUF UND MACHTE MICH AUF DIE JAGD. ABER DAS MISTVIEH WAR ZU SCHNELL UND WENDIG, ICH BEKAM ES EINFACH NICHT ZU FASSEN.

ALS ICH GERADE AUF EIN BETT GESTIEGEN WAR, UM DAS INSEKT AN DER WAND ZU ZERSCHLAGEN, KAM AUS DER ECKE EIN SCHWARM SCHWARZER FLEDERMÄUSE HERAUS GESCHWIRRT. SIE MUSSTEN SICH DIE GANZE ZEIT ÜBER IM SCHATTEN VERSTECKT GEHALTEN HABEN.

WÄHREND ICH SO DA STAND UND ÜBERLEGTE, WIE ICH ALL DIESER KREATUREN HERR WERDEN SOLLTE, FIEL MEIN BLICK ZUFÄLLIG AUF DIE WAND ZURÜCK, AN DER AUF EINMAL EINE RIESIGE SCHABE HINAUF KRABBELTE. SIE MUSSTE 20 BIS 30 CM GROSS GEWESEN SEIN!

SOFORT ENTSCHIED ICH, DASS DIESES MORDSDING ABSOLUTE PRIORITÄT GENOSS. KURZERHAND WISCHTE ICH ES MIT DER ZEITUNG VON DER BLÄTTERNDEN TAPETE UND ZERMANSCHTE SEINEN KOPF MIT DEM FUSS AUF DEM DIELENBODEN.

DER KOPF FIEL AUS SEINER SCHALE, WAS DEN KÖRPER ABER NICHT DAVON ABHIELT, SEINEN WEG UNGENIERT FORTZUSETZEN. DER HÜLLENLOSE KOPF GLOTZTE MICH AUS SEINEM GROSSEN ZYKLOPENAUGE AN UND BLINZELTE. ICH WAR IRRITIERT.

Testgruppe 41: Unexpected Results

Wir waren eine Testgruppe für irgend so ein neues Dating-Tool. Ein silberner Button, der auf der linken Brust in einen orangefarbenen Overall aus Polyester eingelassen war, gab in drei Stufen Auskunft darüber, wie gut zwei Personen in sexueller Hinsicht zueinander passten oder nicht. Das ganze beruhte angeblich auf einem komplizierten Kalkül, in welches alle möglichen Parameter einflossen, die sich gewöhnlich dem Bewusstsein entzogen oder geleugnet werden konnten. Pheromone, Hormone, Puls, Atmung und all solche Vitalwerte, von denen ich nichts verstehe, werden vom Anzug gemessen und mit den Werten des potenziellen Geschlechtspartners abgeglichen. Die Auswertung erfolgt in Form von Emoticons, die auf dem Button angezeigt werden: ☹ für schlechte Übereinstimmung, ☺ für mäßige Übereinstimmung und ☺ für gute Übereinstimmung.

Nun schien es so zu sein, dass dieses Verfahren als *best match* häufig gerade nicht die Personen auszeichnete, welche die Probanden bewusst gewählt hätten, weil der Verstand Parameter höher bewertet, die auf sexueller Ebene erst einmal von geringer Bedeutung sind. Dieses Phänomen sollte mit Hilfe zahlreicher Testgruppen genauer erforscht werden. Unsere Gruppe bestand aus drei Männern gleichen Alters und einer Frau, die sich zwischen uns entscheiden sollte. Diese Frau war aber nicht irgendjemand, sondern Julia. Aus allen Frauen dieser Welt hatten sie ausgerechnet meine unerfüllte Liebe aus der Schulzeit ausgesucht. Das konnte kein Zufall sein! Wo immer die das her hatten, sie wussten von unserer Vergangenheit. Mir Schlug vor Schreck das Herz unter den Kiefer, als ich sie sah. Mein Fluchtinstinkt ließ mich einen Abbruch des Versuchs in Erwägung ziehen, schaffte es aber nicht in eine Handlung durchzubrechen.

Wie dem auch sei, unser Aufeinandertreffen verlief glücklicherweise zunächst gar nicht so unbeholfen, wie ich befürchtet hatte. Mittlerweile waren Jahre ins Land gezogen und wir waren beide mit ihnen vorangeschritten. Deswegen konnten wir überraschend entspannt mit einander reden, wenngleich wir uns nicht sehr viel zu sagen hatten. Immerhin fand ich sie noch immer schön und durch hinzugewonnene Reife auch noch deutlich mehr sexy, als ich sie in Erinnerung hatte. Rein technisch brauchte unsere gemeinsame Vergangenheit dem Test also nicht im Weg zu stehen. So schloss sich die Tür hinter uns und der Test begann.

Der Testraum wirkte wie ein Übungsraum in einer Kampfsportschule. Der Boden war mit festen, quadratischen Matten ausgekleidet. Ansonsten war er recht karg gehalten. Nun lag es ganz bei uns – und in erster Linie bei ihr natürlich.

Zu Beginn wusste keiner von uns so recht, wie wir es angehen sollten. Dass von vornherein offen und klar war, was Sache ist, schien allen Regeln menschlichen Balzverhaltens zu widersprechen. Jedes vorsichtige herantasten und flirten kam uns absurd vor, da schließlich jeder wusste, dass es um Sex ging. So saßen wir alle im Kreis und drucksten herum, bis einer der beiden anderen Kerle einen pragmatischen Vorschlag machte:

„Wenn diese Overalls unsere Körperfunktionen auswerten und abgleichen, sollten wir nicht lange um den heißen Brei quatschen und ihnen einfach die Möglichkeit dazu geben oder nicht? Wir können hier natürlich noch eine Weile dumm rumsitzen, bis wir alt und grau werden. Wir können uns aber auch einfach etwas amüsieren. Komm schon her, Süße, wollen wir doch mal sehen, was unsere Körper einander zu sagen haben! Vielleicht bin ich ja schon dein *perfect match*!"
Julia zögerte. Mark, der den Vorschlag gemacht hatte, wirkte genau, wie er sprach, wie ein ziemlicher Macho-Arsch, und als solcher erst einmal unsympathisch. Offensichtlich behagte ihr die Vorstellung in seinen

Armen zu liegen nicht so richtig. *Was ist los? Das hätte dich früher doch auch nicht abgeschreckt*, dachte ich bei mir, blieb aber stumm. Vielleicht hatte sich ihr Beuteschema in der Zwischenzeit verbessert.

„Na gut", sagte sie. „Deswegen sind wir ja hier, nicht wahr?" Mit diesen Worten krabbelte sie auf Mark zu und legte sich in seine muskulösen Arme. Mark begann sofort, ihr über die Arme und Beine zu streichen, um ihrer beider Körper anzuregen. Selbst der flache Bauch wurde befühlt. Immerhin hatte er den Anstand, ihr nicht gleich an die Titten zu grapschen. Auch Julia überwand sich, Mark anzufassen, streichelte seine Schenkel, nahm seine Hand, strich mit dem Daumen über die Haare darauf. Nach einer Weile erschien das Ergebnis auf ihren Buttons: ☹, immerhin.

„Das war's?", fragte ich erstaunt. „Nur so ein bisschen kuscheln und schon spucken die Dinger eine Diagnose aus?" Kaum vorstellbar, wie das funktionieren sollte.

„Scheint so", bestätigte Julia vergnügt, die sich langsam bewusst zu machen schien, dass sich gerade alles um sie drehte. „Dann wollen wir doch mal sehen, ob wir uns noch besser *matchen*, Derek", sagte sie, wand sich aus Marks Armen und krabbelte bereitwillig auf den Schoß des anderen Kerls (ein Lackaffe).

„Na, das ist doch gar keine Frage. Und wie wir uns

besser *matchen*, Baby!" Na nu? Sollten sich die beiden ebenfalls kennen? Mehr noch, hatten sie was mit einander? Das musste doch die Testergebnisse restlos verfälschen!

Lustvoll schmiegte Julia sich in Dereks Arme. So viel wählerischer schien sie dann doch nicht geworden zu sein. Vertraut schmusten sie miteinander, bis ihre Buttons aufleuchteten. ☺, was auch sonst, wo sie doch bereits zusammen waren und sehr wahrscheinlich auch ein Bett teilten.

„Tatsächlich, du bist einfach mein *perfect match*", sagte Julia und gab Derek einen Kuss. Mark und ich schauten uns an. Was zum Henker wurde hier gespielt? Mark hob Schultern und Augenbrauen. Mein Blick hingegen festigte sich. Ganz gleich, was hier gespielt wurde, es war noch nicht vorbei! Ich hatte hier die einmalige Gelegenheit ihr zu zeigen, dass ich immer schon allen Grund hatte, auf sie scharf zu sein, und es ihr Versäumnis war, mir nicht einmal eine Chance gegeben zu haben.

„Nicht so schnell", sagte ich. „Ein Ergebnis fehlt noch. Und es ist keinesfalls gesagt, dass wir nicht zusammen passen!" Das Pärchen schaute mich an, Julia verunsichert und Derek höhnisch. Vermutlich wusste auch er um meine jämmerliche Vergangenheit. Wie dem auch sei, nur weil wir einmal einen mittelmäßigen und einen guten *match* hatten, musste das nicht bedeuten, dass der dritte im Bunde automatisch schlecht war. Was würde wohl passieren, wenn zweimal ein ☺ angezeigt würde, wie würde dann entschieden?

„Er hat Recht", knurrte Mark. „Der Versuch ist noch nicht vorbei." Da löste sich Julia widerwillig aus Dereks Umarmung und kam auf mich zu. Lächelnd spreizte ich meine angewinkelten Beine, sodass sie sich mit dem Rücken an mich lehnen konnte. Und endlich, Jahre nachdem ich diesen sehnlichen Wunsch nach hartem Kampf schließlich begraben hatte, hielt ich sie doch noch in meinen Armen, drückte sie, spürte ihre Wärme. Ich konzentrierte mich bewusst auf Kleinigkeiten, die man aus der Ferne nicht wahrnahm, roch ihren Schweiß, ihr Deo, ihre blondes Haar, die Haut hinter ihren Elfenohren, fühlte wie sich ihr Brustkorb zum Atmen hob und senkte. Sofort bekam ich einen Ständer, der sich gewaschen hatte. Und da wir unter den dünnen Overalls nicht einmal Unterwäsche trugen, musste sie meine Erektion deutlich im Rücken spüren. Ihr Zurechtrücken der Sitzposition schien das zu bestätigen. Aber anstatt Freiraum zwischen ihr und meinem Penis zu schaffen, rückte sie näher heran, drückte dagegen! Unfassbar! Ihre Hände rieben energisch an meinen Schenkeln, ihr Atem wurde schneller. Dann blinkten unsere Buttons auf: ☺ in schnellem Rhythmus. Zuvor hatten die Smileys nie geblinkt. Julia drehte sich herum.

„Ich will dich", keuchte sie nur, fuhr mit den Händen in meinen Nacken und gab mir einen Kuss auf den Mund. Ehe ich mich versah, lag ich zwischen ihren Beinen, die Lenden fest gegen die Kante ihre Beckens gepresst. Meine Hand fuhr über ihren Schenkel, über den sich das Polyester spannte. Die Welt um uns herum wurde ausgeblendet, mein Verstand ging auf Standby. Alles was ich jetzt noch im Sinn hatte war sie zu ficken, gleich dort vor den Augen der anderen. Und für den Moment schien es, als würde sie mitgehen. Stöhnend gab sie sich mir hin, während ich ihren Reißverschluss öffnete und mich wie besessen über ihre Brüste hermachte. Sie hatte wunderschöne Nippel, ganz so, wie ich sie mir immer vorgestellt hatte. Ich war im Himmel! Schon fingen meine Hüften an unwillkürlich zwischen die ihren zu stoßen. Es konnte losgehen. Aber da sah sie plötzlich etwas hinter mir, das sie unterbrechen ließ.

„Moment noch", sagte sie und stieß mich fort. Verblüfft sah ich zu, wie sie aufsprang und zu Derek ging, der hinter mir stand, den Overall bis zum Sack geöffnet. Ohne ein Wort zu sagen pellte er Julia aus ihrem Overall. Nackt legte sie sich ihm zu Füßen, wie ich sie gerade unter mir gehabt hatte. Aber Derek begann nicht, sie an meiner statt zu vögeln. Sein Ding war nicht einmal steif. Er packte sie an den Beinen und riss sie an de Hüfte hoch, als wolle er sie mit gebeugten Beinen im Stehen nehmen. Stattdessen tat er, womit ich in diesem Moment am wenigsten gerechnet hätte. Er pinkelte! Pinkelte, als hätte er es sich die letzten drei Tage aufgespart. Wie ein Sturzbach rann der gelbe Urin vom Venushügel ihren formschönen Körper hinab, brach sich an den festen Titten und klatsche ihr unters Kinn. Julia aalte sich geradezu in dem warmen Regen, der links und rechts von ihr auf die Matte prasselte. Schließlich lehnte Derek sich sogar noch ein Stück vor, sodass ihr sein Urin in einem dicken Strahl direkt ins Gesicht spritzte. Mit weit geöffnetem Mund versuchte sie den Strahl zu fangen, was ihr schließlich auch gelang. Laut plätschernd traf er hinein und füllte ihren Mund so schnell, dass sie unentwegt schlucken und nach Luft schnappen musste. Nach gefühlten Minuten ließ Dereks Druck endlich nach. Der Strom versiegte, die letzten Tropfen wurden über dem klatschnassen Mädchen abgeschüttelt.

Dann ließ er sie einfach fallen und zog sich zurück. Julia erhob sich. Aufrecht kam sie auf mich zu. Ihr nackter Körper noch immer tropfend und triefend, nasse Haarsträhnen klebten ihr auf der Stirn, als sie strahlend verkündete: „So, jetzt bin ich so weit!"

Spiel mit dem Feuer

Er saß im Sessel, als sie hereinkam. Nicht einmal *er* wusste, wie lange er dort schon gesessen hatte. Sie trug wie üblich nichts als ein Höschen und ein altes T-Shirt. Ihre blonden Haare waren zerzaust. Sie gähnte, während sie sich hindurch fuhr und an ihm vorüber schritt.

„Oh mein Gott, wie siehst du denn aus? Hast du überhaupt geschlafen?", fragte sie und ging in die Küche. Er antwortete nicht, sondern fuhr sich weiter mit dem Daumennagel durch den Spalt zwischen seinen Vorderzähnen. Von seinem Platz aus konnte er sehen, wie sie in der Küche die Kaffeemaschine mit Wasser füllte. Er beobachtete, wie sie sich streckte um an die Kaffeedose zu kommen, wobei ihr das T-Shirt den Rücken hoch rutschte und ihr Knackarsch zum Vorschein kam, über welchem diese zwei kleinen Mulden waren, wo man so gut mit den Daumen hineingreifen könnte, wenn man sie von hinten nahm.

„Ich mach mir ein paar Eier, willst du auch?", fragte sie aus dem Küchenschrank heraus, aus dem sie tief gebückt eine Pfanne kramte, wobei sie sich mit dem Fuß über die nackte Wade strich. Sein Blick glitt ihre glatten Beine hinauf und hinunter. Sein Puls stieg an. Er begann seine Unterlippe zu kneten. Sie ging zum Kühlschrank um ein paar Eier und Butter herauszuholen. Dabei beugte sie sich weit vor – oder streckte den Arsch weit raus, je nach dem, wie man es sah...

Als sie gerade Öl in die Pfanne goss und die Herdplatte anstellte, stand er plötzlich hinter ihr.

„Ah, du lebst ja doch noch", schmunzelte sie. Er deutete kurz ein Lächeln an. Sanft strich er ihr eine Strähne aus dem Gesicht.

„Ich habe dein Haar immer gemocht, wenn es so zerzaust war", sagte er. Sie schnaubte.

„Bist du betrunken?" Darauf antwortete er wieder nicht, sondern spielte stattdessen noch etwas mit ihren Haaren herum. Doch als sie sich wieder der Pfanne auf der heißen Herdplatte zuwendete, stieß er sie plötzlich mit seinem Körper nach vorn gegen den Herd.

„Heh, was machst du denn?" Dann packte er sie mit einer Hand fest am Nacken und drückte ihren Oberkörper nach unten. Mit der anderen Hand zog er die Pfanne weg und stellte sie wahllos beiseite. Nun hing sie über der heißen Herdplatte und musste sich auf beiden Seiten mit den Armen abstützen, wenn sie nicht von seinem kräftigen Griff mit den Brüsten darauf gedrückt werden wollte.

„Sag mal, bist du übergeschnappt?! Hör auf, du tust mir

weh!" Aber er ließ nicht locker. Mit der freien Hand öffnete er Gürtel und Jeans. Dann zog er ihr Höschen runter.

„Lass mich los, verdammt noch mal!" Sie versuchte nach hinten auszutreten, aber er stand zu dicht an sie gedrängt. Zudem musste sie all ihre Kraft aufwenden, um der Herdplatte nicht zu nahe zu kommen, die sie nicht ausschalten konnte, weil sie dafür eine Hand hätte wegziehen müssen. Er kramte seinen halb erigierten Penis hervor und rubbelte kurz darauf herum, bis er steif genug war. Dann griff er sich die offene Flasche Rapsöl goss sich etwas Öl über seine Eichel und rammte seinen Schwanz zwischen ihre Schenkel. Sie schrie auf. Aber er ließ sich nicht beirren. Wie besessen fing er an, sie mit einzelnen festen Stößen zu bearbeiten, die sie jedes mal etwas nach vorn kippen ließen. Immer wieder stieß er zu und gab ihr kräftige Schläge auf den Arsch. Sie schrie.

Dann verlangsamte er plötzlich sein Tempo und strich mit dem Daumen der freien Hand durch eine ihrer Mulden auf dem Rücken. Mit verträumten Blick schaute er sich dabei zu. Unbewusst lockerte er seinen Griff um ihren Nacken. Sofort bäumte sie sich auf, versuchte sich aus seinem Griff zu winden. Aber schnell besann er sich wieder und ließ seine Hand von ihrem Nacken in ihr dichtes Haar gleiten. Er griff fest zu und riss ihren Kopf zur Seite. Dann drückte er ihn herunter bis kurz über die Herdplatte. Sie wehrte sich nicht mehr, sondern ließ geschehen, wie er es zu Ende führte und mit immer schnelleren Stößen ihren Genitalbereich wund rieb. Seine Hand fuhr unter ihr T-Shirt und packte hart an ihre weiche Brust. Ihre runden Titten passten perfekt in eine Männerhand, so dass er sie fast ganz umfassen konnte. Er knetete sie wie festen Teig, krallte sich hinein, nutzte sie als Zugpunkt für noch härtere Stöße. Dabei fing er an zu schnaufen wie ein schlaftrunkener Stier.

Als er schließlich kam, zog er seinen Schwanz heraus und ließ sein Sperma achtlos über ihren Rücken und in die kleinen Mulden laufen. Eine Weile blieb er so über sie gebeugt, keuchte und ächzte, bis er schließlich die Nase hochzog und von ihr abließ. Im Fortgehen packte er sein Ding wieder ein und machte seine Hose zu. Die junge Frau sackte erschöpft auf dem Küchenfußboden zusammen. Sie atmete schwer. Tränen liefen ihr über das gerötete Gesicht.

„Gott verdammte Scheiße, du Scheißkerl", schrie sie ihm hinterher, halb weinend halb außer sich vor Wut. „War es wieder so schlimm, ja? Du chronisch unterficktes, psychopathisches Arschloch, schlappschwänziger Hurensohn! Wann hörst du endlich auf, immer auf diese Schlampen hereinzufallen?! Ich halte es nicht länger aus, jedes Mal für sie den Kopf hinzuhalten! Hast du verstanden, du feiger Schwanzlutscher? Hast du mich gehört, du erbärmlicher Wichser?" Er antwortete nicht.

Die Rohfleischesser

Die Versammlung saß um einen länglichen Tisch auf niedrigen eckigen Holzhockern, die Beine vor sich verschränkt. Alle trugen dunkle Anzüge mit schlichten Krawatten. Nur der Alte am Kopfende war traditionell gekleidet. Zufrieden lächelnd genoss er seinen Wein, während er beobachtete, wie sich die jungen Männer über das Buffet hermachten. Sie alle hatten sich um die Position der Organisation sehr verdient gemacht. Deswegen wollte er ihnen an diesem Abend etwas besonderes bieten. Und es freute ihn sehr, wie begeistert sie sein Menü aufnahmen. Gierig pickten sie mit ihren Stäbchen die Sushi-Häppchen von der nackten Haut des reizenden Mädchens, dass dort vollkommen reglos in der flachen Wanne auf dem Tisch lag. Sie schmatzten, schlürften und lachten ausgelassen. Dazu floss reichlich Sake.

Nach und nach wurde der dekorativ bedeckte Körper freigelegt, was auf die jungen Männer eine ähnliche Wirkung hatte, wie ein besonders aufwändiger Striptease. Ihre Erregung war deutlich spürbar, als das letzte Filetstück von der ersten Brust genommen wurde und freie Sicht auf den wohlgeformten Hügel aus zarter Haut und weichem Fettgewebe gewährte. Einer der Männer griff scherzend mit den Stäbchen nach der kleinen runden Brustwarze, die sich aber natürlich nicht abheben ließ. Das Mädchen rührte sich dabei nicht. Sie zuckte noch nicht einmal.

Bald war fast ihr gesamter Körper abgegrast. Lechzende Blicke wanderten nun über ihre straffen Schenkel, auf ihre formschönen Brüste oder vollzogen die sanfte Krümmung ihrer Bauchdecke nach, wo noch ein paar Leckerbissen um ihren Bauchnabel herum drapiert lagen. Auch diese waren kurz darauf verspeist.

Das Beste hatten sich die Männer jedoch für den Schluss aufgehoben. Aufgeregt wie kleine Schuljungen veranstalteten sie einen Glücksspielwettbewerb darum, wer den kleinen Tintenfisch aus der Mulde zwischen den Hüften des Mädchens pflücken und verspeisen durfte. Das dauerte einige Minuten, weil peinlich genau auf die Einhaltung der Regeln geachtet wurde. Als der Sieger schließlich feststand, feierte er seinen Triumph mit einem kurzen Freudentanz. Mit leuchtenden Augen sahen die anderen zu, wie er anschließend im Stehen über das Mädchen gebeugt das labbrige Meerestier von ihrem säuberlich glatt rasierten Venushügel zupfte und in seinem breiten Mund verschwinden ließ. Die anderen lachten vergnügt, während er theatralisch die kleinen Fangärmchen einsaugte.

Damit war die Vorspeise aufgegessen. Alle setzten sich

wieder ordentlich hin und schauten erwartungsvoll den Alten an, der bislang nur mit gefalteten Händen zugesehen hatte. Er schaute gemächlich in die Runde und nickte jedem der Anwesenden anerkennend zu. Für einen Augenblick war es totenstill. Dann erhob er die Stimme und den Untertiteln können wir entnehmen, was er sagte:

„Nun denn, lasst uns essen, so lange es noch frisch und das Eis unter ihr noch nicht geschmolzen ist!" Ein zustimmendes Raunen ging durch die Versammlung. Die Männer tauschten ihre Stäbchen gegen Skalpelle aus. Dann überließen sie respektvoll ihrem Meister die Ehre, als erstes ein Stück zu wählen. Dessen Entscheidung war längst gefallen. Sein Kiefer bebte vor Erregung. Gleich würde er das zarte Fleisch der Tochter seines Kontrahenten kosten.

„Gebt mir ihr Herz", sprach er mit zittriger Stimme. Sogleich sprangen zwei seiner Leute auf, um ihm seinen Wunsch zu erfüllen. Einer vollführte gekonnt einen geraden Längsschnitt mit dem Skalpell durch die Haut über dem Brustbein. Blut rann heraus. Der zweite nahm Hammer und Meißel zur Hand und durchtrennte mit kräftigen Schlägen den Knochen entlang dieser Linie. Das Eis unter dem leblosen Körper des Mädchens knirschte bei jedem Schlag, was deutlich zu hören war, da alle gespannt zusahen. Als das Brustbein durchtrennt war, brachen sie den Brustkorb auseinander und schnitten mit chirurgischer Sorgfalt ihr triefendes Herz heraus. Stolz legten sie es dem Alten auf den Teller. Er dankte ihnen lächelnd nickend und ergriff das Herz mit beiden Händen. Die Männer jubelten auf, als er genüsslich hineinbiss und das Blut in Strömen herunter fließen ließ. Das Festessen war eröffnet.

Eifrig machten sie sich daran sich saftige Stücke aus dem Leib zu schneiden. Mühelos drangen die scharfen Klingen durch die dünne Frauenhaut und durch das zarte Fleisch. Gegessen wurde von nun an mit den Händen. Zu groß geratene Stücke wurden mit den Zähnen zerrissen. Streit um die besten Stücke entstand dabei nie, weil alles sofort brüderlich geteilt wurde, wenn jemand etwas abhaben wollte. Sowieso war genug für alle da.

Jemand schnitt einen Nippel samt Warzenhof ab und reichte ihn mit seinen Stäbchen dem Witzbold von vorher. Dieser nahm ihn mit dem Mund auf und schmeckte ihn wie einen guten Wein ab. Als er ihn schließlich für vorzüglich befand, brach herzhaftes Gelächter aus. Der Sake ließ die Männer zunehmend in Albernheiten verfallen. So teilten sich zwei von ihnen die Zunge des Mädchens im Ganzen, indem sie so lange aufeinander zu kauten, bis sich ihre Lippen berührten. Auf Anfrage wurde jemandem ein Auge zugeworfen, der es in seinem Glas fing, wieder herausfischte und auslutschte.

„Wie eine Klitoris wohl innen drin Schmeckt?", rief einer, wie uns die Untertitel verraten. Aber nötig war die Übersetzung nicht, denn schon schnitt er sie heraus und stopfte sie sich in den Mund.

„Noch viel besser, als von außen", verkündete er, wobei der rote Lebenssaft seine Zähne bedeckte.

Binnen kürzester Zeit schwamm das verbliebene Eis in der Wanne in rotem Blut. Auch die Männer waren über und über mit Blut verschmiert und selbst die Leuchten die von Holz umrahmt niedrig über dem Tisch hingen, hatten einige Spritzer abbekommen. Schon waren an Beinen Armen und Brustkorb des Mädchens die ersten Knochen zu sehen, die weiß aus dem roten Fleisch hervorstachen.

Der alte Meister war sehr zufrieden. Er würde sich nur noch an etwas Gehirn genüsslich tun und dabei das wilde treiben genießen. Ausgeschlossen, dass sie alles Fleisch von den Knochen des Mädchens nagen würden. Gleich am nächsten Morgen würde er ihre Gebeine blankputzen und begraben lassen. Bis auf den bleichen Schädel, den würde er ihrem Vater schicken.

Letzter Einseiter

ICH WAR DER KRAKEN!

ICH FÜHLTE WIE ER. NEIN, ICH FÜHLTE ALS ER!

ICH WAR SO EIN GIGANTISCHES, GLIBBRIGES ROTZDING.

ABER WEIL ICH ES SELBST WAR, WUSSTE ICH AUCH, WER ICH WAR

UND WOHER ICH GEKOMMEN BIN.

UND SO WUSSTE ICH, DASS ICH EINST NUR EIN GEWÖHNLICHER

KALMAR GEWESEN WAR. UNWISSEND UND UNSCHULDIG. UND

DANN KAM DIESER BARBAR UND HAT MICH MIT EINEM FLUCH

VERZAUBERT. UND FORTAN WAR ICH DIESER RIESENKALMAR.

UND AUSSERDEM SEIN SKLAVE.

WIEDER UND WIEDER HABE ICH FÜR IHN GEMORDET UND

ZERSTÖRT, WEIL ICH ES MUSSTE. ICH KONNTE MICH DES

BANNES NICHT ERWEHREN.

DANN EINES TAGES, ALS ES DEM MEISTER PÄSSLICHER SCHIEN,

LIESS ER MICH EINFACH ANSTRANDEN UND VERRECKEN. SO LAG

ICH DORT, EIN UNENDLICH SCHWERER KOLOSS,

DER LANGSAM VERTROCKNETE

UND AN DER LUFT UND SEINEM EIGENEN GEWICHT ERSTICKTE.

ICH MUSSTE WEINEN.

Der Wohltäter

Sonnenstrahlen, die durch den Spalt zwischen den weißen Gardinen vor den Balkonfenstern fielen, weckten ihn. Ohne darüber nachzudenken war ihm bereits völlig klar, dass dies nicht die Morgensonne war. Obwohl er viel getrunken hatte, war es bei weitem nicht genug um ihm die Erinnerung an das Altvertraute zu nehmen. Es war eine lange Nacht gewesen, eine von vielen gleichen. So vielen, dass sie allmählich ihren Reiz verloren.

Vorsichtig drehte er den Kopf zur Seite und blinzelte durch die Lider. Sie war noch da. Natürlich war sie noch da und sie würde auch so lange bleiben, wie sie konnte. Es war immer das Gleiche. Doch zu seinem Erschrecken war sie schon wach und nicht nur das, sie las sogar ein Buch!

„Guten Morgen", sagte sie lächelnd.

„Morgen", grummelte er und rieb sich durch das Gesicht. „Seit wann bist du denn schon wach?"

„Ich weiß nicht, eine Stunde vielleicht."

Eine Stunde?! Wahrscheinlich sogar noch länger. Hoffentlich hatte er nicht im Schlaf geredet! Was hatte er sich da nur wieder eingehandelt? Da sah man mal wieder wo man mit der Zeit hinkommt. Früher, da brauchte es noch triftige Gründe. Wenn sein Manager mit der Anfrage einer Mutter ankam wie: *„Meine Tochter wird an Knochenkrebs sterben und sie hat nur diesen einen Wunsch..."* Dann konnte er doch nicht *„nein"* sagen! Er war ein großherziger, wohltätiger Mensch. Also ging er auf das Gesuch solcher Fans ein. Aber mittlerweile brauchte aus der Menge nur noch eine zu kreischen: *„Oh bitte, ich habe heute Geburtstag!"* Und am nächsten Tag würde sie neben ihm aufwachen. So in der Art war es auch dieses Mal gewesen. Eine aus der Menge kreischender Weiber, die mehr einen Personenkult hegten, als sich an der Musik zu erfreuen oder über seine Texte Gedanken zu machen, hervorstechende junge Frau erfuhr das Glück ihres Lebens und wurde von ihm mit auf sein Hotelzimmer genommen. Und nun lag sie da und las ein Buch!

Er konnte nicht glauben, wie teilnahmslos sie wirkte. Ächzend rollte er sich aus dem Bett und zog sich seine Jeans an. Dabei fiel sein Blick auf ein Tablett neben dem Bett.

„Hast du etwa schon gefrühstückt?", fragte er verblüfft.

„Ja", antwortete sie, ohne vom Buch aufzusehen „Ich wusste nicht ob ich dich wecken sollte, also habe ich den Zimmerservice nur um ein Frühstück für eine

Person gebeten." Nun sah sie doch auf und ihn mit heraufgezogenen Augenbrauen an. „Es war sehr lecker."

Er war baff. Normalerweise waren die Mädchen voller Ehrfurcht und fragten verschüchtert Dinge wie: *„Was wird nun aus uns beiden?"*, diese aber frühstückte noch nicht einmal mit ihm zusammen.

„Kannst du mir bitte den Zimmerservice noch mal rufen, während ich duschen gehe?", fragte er herablassend. Doch stattdessen warf sie ihm das Telefon zu und las weiter. Sprachlos stand er da. Für gewöhnlich fragte er sich, ob den Mädchen bewusst war, dass es sich lediglich um eine Nacht handelte, die sie mit ihm verbrachten. Jetzt schien es, als wäre sie auch gar nicht an mehr interessiert. Plötzlich legte sie das Buch weg und stand ebenfalls auf.

„Wolltest du nicht den Zimmerservice rufen und dann duschen gehen? Wenn nicht, dann gehe ich jetzt, ich habe nämlich noch einen Termin und muss gleich los. In Ordnung?" Er nickte nur. Also ging sie in das Badezimmer und verschloss die Tür. Und während die Brause im Bad anging, setzte er sich wieder auf das Bett, nahm das Telefon in den Schoß und schaute aus dem Fenster. Es war unglaublich, er war eiskalt ausgenutzt worden!

Plötzlich entführt mich der Geruch an meinen Fingern in die Vergangenheit, zurück zu deinem Höschen. Du hast es noch an, aber nicht mehr lange, meine Fingerkuppen haben sich schon darunter gegraben. Doch bevor ich es herunter ziehe, fahre ich mit der Nase darüber, rieche den feinen Stoff, den dezenten Hauch von Waschmittel und darunter – nur vage zu erfassen – den Geruch deiner süßen Pussy.

Eine interessante Mischung, von der ich nicht wusste, dass ich sie abgespeichert hatte. Aber jetzt, wo ich diesen wundervollen Geruch wieder in der Nase habe, überrascht es mich nicht... Manchmal sehne ich mich nach einem Schläfchen in deinem weichen Schoß.

Jetzt weißt du's.

DIE ZEIT VERSTREICHT,
GEDANKEN PERLEN VON MIR AB,
TROPFEN AUF DIE DECKE,
RINNEN INS DUNKEL HINAB.

MEIN KOPF LECKT LEER,
WIRD HOHL UND DROHT
DEM UNTERDRUCK ZU ERLIEGEN.
NACH LANGEM FOLGT NUN DOCH DIE NOT.

MÜDIGKEIT VON DEN SORGEN DES LEBENS.
DAS MÜHEN UM DEN HALT WAR LETZTLICH
STETS QUALVOLL UND VERGEBENS.
DAS HERZ BLEIBT DOCH VERLETZLICH.

DER LETZTE GEDANKE FLIEGT DAVON.
SEINE WORTE ENTSCHWINDEN.
SEINE BEDEUTUNG LÄNGST VERSCHWOMM'.
KEIN ANHALT SIE ZU FINDEN.

LOSE WORTE WEHEN UMHER
ZU WEIT, UM SIE ZU PACKEN.
DAS ERSTE LID WIRD SCHWER.
MOMENT ICH MUSS NOCH —!